# Noahs Geheimnisse

"Man muss im Leben nicht immer über alles Bescheid wissen. - Gelegentlich darf man sich auch einfach mal verzaubern lassen."

Veronica Keidel

# Noahs Geheimnisse

Die Geschichte eines Wunderkindes

Bibliografische Information der Deutschen Nationalbibliothek
Die Deutsche Nationalbibliothek verzeichnet diese Publikation in der
Deutschen Nationalbibliografie; detaillierte bibliografische Daten sind im
Internet über http://dnb.d-nb.de abrufbar.

© 2008 Veronica Keidel
Satz, Umschlaggestaltung, Herstellung und Verlag:
Books on Demand GmbH, Norderstedt
ISBN 978-3-8334-8707-1

# Kapitel 1

Professor Homer Caine warf einen flüchtigen Blick auf die Zeiger der goldenen Sprungdeckeluhr, die auf seiner Handfläche ruhte. Dann betrachtete er versonnen die lateinische Inschrift, welche auf der Innenseite des Deckels eingraviert war: "TEMPORA MUTANTUR NOS ET MUTAMUR IN ILLIS [*die Zeiten ändern sich, und wir ändern uns mit ihnen*]". Ein Ausspruch der Caine an die Vergänglichkeit des Lebens erinnerte, und ihm gleichzeitig die glücklichsten und finstersten Momente seines eigenen Lebens ins Gedächtnis rief.

Caine ließ den Deckel der Uhr wieder zuschnappen, und das Erbstück in der Westentasche seines makellosen dunklen Anzuges verschwinden. Die Lichter und Schatten der Vergangenheit verflüchtigten sich in die hintersten Winkeln seines Gedächtnisses, während sein Geist sich wieder schärfte, um den Herausforderungen der Gegenwart begegnen zu können.

Sorgfältig knöpfte Caine sein Jackett zu und atmete tief durch, ehe er beherzt an die Vorzimmertür des Dekans klopfte, der ihn wegen einer dringlichen Angelegenheit hatte zu sich bitten lassen.

Die Semesterferien des Sommers 1890 waren noch in vollem Gange, weshalb Caine nun ausgesprochen gespannt darauf war zu erfahren, aus welchem Anlass ihn der Dekan wohl so kurzfristig zu sprechen wünschte. Schließlich war es, während all der Jahre die Caine inzwischen am Ambrose College lehrte, bisher erst zweimal vorgekommen, dass ein Dekan ihn in aller Förmlichkeit während der Semesterferien hatte aufbieten lassen. Beide Male waren diese Umstände durchaus berechtigt gewesen, so dass Caine sich nun insgeheim auch ein wenig beunruhigt fühlte.

Das altehrwürdige Ambrose College in Cambridge, im Staate Massachusetts, reihte sich voller Stolz in die exklusive Riege der traditionsreichen, renommierten Bildungseinrichtungen der Vereinigten Staaten von Amerika ein. Für Studenten war es bereits eine Auszeichnung an diesem College studieren zu dürfen, während es für Professoren als große Ehre galt, am Ambrose College zu unterrichten. Viele der Ambrose Professoren hatten einst selbst in Ambrose studiert. Dies galt auch für Professor Caine, der jedoch Begriffen wie Stolz und Ehre mit einer gewissen Skepsis begegnete.

Homer Caine und Frank Peterson, der seit mittlerweile zehn Jahren das Amt des Dekans der naturwissenschaftlichen Fakultät von Ambrose innehatte, kannten sich schon seit ihrer eigenen Studienzeit. Der liberal eingestellte und fortschrittlich denkende Caine, und der sehr konservative und stets auf die Tradition bedachte Peterson, waren nie miteinander befreundet gewesen. Dazu waren sie einfach zu verschieden. Doch im Laufe der Jahre hatten die beiden Männer, trotz aller Unterschiedlichkeit, dennoch einander als kompetente Berufskollegen zu schätzen gelernt.

Auch wenn Caine mit Peterson nicht immer einer Meinung war, so musste er dem Dekan doch zugute halten, dass diesem das körperliche und seelische Wohl der Studenten tatsächlich am Herzen lag. Der Dekan wiederum, achtete Caine wegen dessen Qualitäten als umsichtiger Wissenschaftler und besonnener Ratgeber.

Als Caine das große Vorzimmer mit den wuchtigen Aktenschränken und den vielen Karteikästen betrat, schreckte Miss Norris, Petersons verhuschte Sekretärin, nervös von ihrem Stuhl auf, um dann steif und unschlüssig neben ihrem Schreibtisch stehen zu bleiben. Die zierliche, etwa 30 jährige, unscheinbare Person mit der strengen Frisur und den leicht schiefen Zähnen, füllte den Posten der Vorzimmerdame erst seit kurzem aus, so dass ihr noch eine kaum übersehbare Unbeholfenheit anhaftete.

6

Nach einem kurzen, beiderseitigen Austausch von Grüssen und Höflichkeiten lächelte Miss Norris scheu, ohne dabei ihre Zähne zu entblößen, und meinte verlegen:

"Nun will ich Sie aber wirklich nicht länger aufhalten, Sir -Professor Peterson erwartet Sie ja bereits..." mit zaghaften Schritten ging sie auf die schwere Bürotür des Dekans zu, wobei die langen Röcke ihrer sittsamen Kleidung kaum hörbar raschelten. Sie klopfte diskret an, öffnete die Tür gerade so weit, dass sie eben noch hindurchschlüpfen konnte, und verschwand dann schattengleich im Büro des Dekans. Erst als sie diesem die Anwesenheit des Besuchers förmlich mitgeteilt hatte, öffnete Miss Norris die Tür vollständig für Professor Caine.

Caine bedankte sich höflich bei der Sekretärin, und warf einen kurzen Blick in das ihm wohlvertraute, großzügig ausgestattete Arbeitszimmer. Dann trat er ein. Die Tür wurde leise hinter ihm geschlossen.

Ein leichter Zigarrendunst, vermischt mit den Duftnoten alter, in Leder gebundener Bücher, gewissenhaft polierter Möbel und Fußböden, teurer Teppiche und gepflegter Rasierwässer hing unverkennbar in der Luft. Caine kannte diesen eigentümlichen Geruch schon seit seiner Kindheit: es war der Geruch der Büros von Autoritätspersonen. Doch obwohl Professor Caine, bereits seit gut 25 Jahren, selbst eine respektierte Autoritätsperson war, löste diese Geruchsmischung bei ihm noch immer ein leises Gefühl von innerer Beklemmung aus.

Irritiert blinzelte Caine in das grelle Licht der Nachmittagssonne, das durch die hohen Fenster in den Raum flutete. Das Mahagoniholz der Möbel schien im Sonnenlicht regelrecht zu glühen.

Peterson blickte mit kurzsichtigen Augen und leichtem Stirnrunzeln in Caines Richtung. Der Dekan setzte rasch seine Brille auf, die er zum Lesen abgenommen hatte, und lächelte erfreut. Dann kam er beinahe beschwingt hinter seinem

Schreibtisch hervor. Er empfing seinen Besucher mit einem ungewohnt herzlichen Händedruck, und einem angedeuteten freundschaftlichen Schulterklopfen.

Aus der Art und Weise wie er vom Dekan begrüßt wurde, schloss Caine sofort, dass Peterson sich vermutlich einen Gefallen von ihm erhoffte. Üblicherweise fielen Dekan Petersons Begrüßungen nämlich deutlich kühler aus.

Obwohl beide Professoren etwa im gleichen Alter waren, wirkte Homer Caine, im Vergleich zu Frank Peterson, mit seinen 52 Jahren noch sehr viel jugendlicher und vitaler. Caine war groß, schlank, hatte noch volles Haar und brauchte nur zum Lesen eine Brille. Sein ehemals hellbraunes, inzwischen jedoch immer weißer werdendes Haar, verlieh Homer Caine eine gewisse Distinguiertheit. Ein intelligenter, sanfter Blick und ausgewogene Gesichtszüge verrieten, dass Caine ein freundlicher Mensch war, der dem Leben sowohl mit gebührender Ernsthaftigkeit als auch mit dem notwendigen Humor begegnen konnte.

"Homer, wie schön, dass du es einrichten konntest, dir den Nachmittag für mich freizuhalten", ließ Peterson seine sonore Bassstimme vernehmen, die recht gut zu seiner gedrungenen und kräftigen Statur passte.

Petersons äußere Erscheinung mit der Halbglatze, der Brille und den ernsthaften kleinen Äuglein, erinnerte ein wenig an das Aussehen eines gestrengen Mönchs.

"Ich brauche dich dringend als Experten, bei einem ganz und gar nicht alltäglichen Problem. - Aber bitte, Homer, setz dich doch erst einmal..." der Dekan machte eine einladende Geste, wobei er auf den gepolsterten Stuhl vor seinem Schreibtisch deutete.

Caine öffnete den obersten Knopf seines Jacketts, und setzte sich. Er hatte mittlerweile das ungute Gefühl, dass Peterson ihn zu sich bestellt hatte, um ihm eine leidige Arbeit aufzubürden, die vermutlich keiner der anderen Professoren erledigen wollte.

Peterson platzierte sich im komfortablen Ledersessel hinter seinem Schreibtisch. Während er sich bequem darin zurücklehnte, faltete er gemächlich die Hände vor seinem gut sichtbaren Bauch.

"Wie du ja weißt, Homer, hat vor vier Tagen die Aufnahmeprüfung für unser College stattgefunden. - Also, die Prüfungsergebnisse liegen uns jetzt vor..." Peterson rückte etwas näher an seinen Schreibtisch heran, stützte sich mit beiden Unterarmen dort auf und fixierte Caine mit ernstem Blick, so als wolle er ihn sogleich in ein wohlgehütetes Geheimnis einweihen. "Von den diesjährigen Stipendienanwärtern, haben sich drei für ein Ambrose Stipendium qualifiziert, - und einer dieser drei Kandidaten bereitet der Aufnahmekommission nun erhebliches Kopfzerbrechen..." Peterson ließ seinen Blick kurz zur Zimmerdecke schweifen, so als würde er sich Hilfe von einer höheren Macht erhoffen, ehe er sich Caine mit einem besorgten Stirnrunzeln und leichtem Kopfschütteln wieder zuwandte: "Also, dieser Bewerber fällt vollkommen aus dem Rahmen... Er unterscheidet sich so sehr von unseren üblichen College Anfängern, dass die Kommission sich nicht anders zu helfen wusste, als dich bei dieser Angelegenheit um Rat zu bitten. - Denn kaum ein anderer, dürfte sich so ausgezeichnet mit der besonderen Situation dieses Schülers auskennen, wie du, Homer."

Verwundert zog Caine die Augenbrauen hoch.

"Ach ja, was stimmt denn nicht mit dem jungen Mann?" fragte er interessiert nach.

Als Arzt und anerkannter Spezialist für Nerven- und Geisteskrankheiten, behandelte Professor Caine Patienten am Ambrose Hospital, und lehrte an der medizinischen Fakultät. Außerdem gehörte er zu einem kleinen Kreis fortschrittlich denkender Wissenschaftler, aus unterschiedlichen wissenschaftlichen Disziplinen, die sich mit dem noch relativ neuen Forschungsgebiet der Psychologie befassten, und entsprechende Studien betrieben.

Seufzend lehnte sich Peterson wieder in seinem Sessel zurück. Dann ließ er endlich die Katze aus dem Sack:

"Der Bewerber ist ein kleines Kind! - Um präzise zu sein: er ist gerade mal neun Jahre alt. - Der Knabe ist kaum größer als einen Meter, und so klug, dass man es einfach nicht für möglich halten möchte! Er hat nämlich nicht nur den schriftlichen Eignungstest mit Bravour bestanden, sondern er hat auch alle weiterführenden Fragen, die ihm die Kommission mündlich gestellt hat, vollkommen souverän beantworten können..." der Dekan machte eine hilflose Geste. "Was hältst du davon, Homer?" Gespannt, und auch ein wenig ratlos, sah Peterson sein Gegenüber durch seine dicken Brillengläser hindurch an.

Noch während Homer Caine die Schilderung des Dekans aufmerksam verfolgt hatte, war jenes Gefühl von aufwühlender Spannung in ihm hochgestiegen, welches er immer empfand, wenn er sich mit einer interessanten wissenschaftlichen Fragestellung konfrontiert sah. Und ein derart überdurchschnittlich begabtes Kind, passte durchaus zu Caines Forschungsarbeit, mit der er sich während der letzten Jahre eingehend beschäftigt hatte.

Gemeinsam mit dem Zoologen Professor James Watford, hatte Caine einst das erste Labor für experimentelle Psychologie in Ambrose ins Leben gerufen. Watford und Caine hatten sich der Aufgabe verschrieben, auf einem noch recht unbekannten Gebiet zu forschen. Sie wollten etwas darüber erfahren, wie Lernprozesse bei Säugetieren und beim Menschen zustande kamen. Im Rahmen dieser Grundlagenforschung, hatte sich Caine auch intensiv mit der kindlichen Entwicklung auseinandergesetzt, was wiederum dazu geführt hatte, dass

Caines Augenmerk auf Störungen und Besonderheiten dieser Entwicklung gelenkt worden war. Er hatte sich ausgiebig mit dieser Thematik beschäftigt, und unzählige Schulen des ganzen Landes bereist, um mit Hilfe von Lehrern und Schuldirektoren all jene Schüler zu ermitteln, die im Unterricht durch ihre Leistungen oder ihr Verhalten im positiven oder im negativen Sinne auffielen. Caine hatte sich mit vielen dieser Kinder und mit deren Eltern und Lehrern ausführlich auseinandergesetzt, was ihm zu wertvollen Erkenntnissen für seine Arbeit verholfen hatte. Eine Erkenntnis davon war, dass überdurchschnittlich begabte Kinder ihr soziales Umfeld häufig in dem selben Maße überforderten, wie zu schwach begabte Kinder. Jede Abweichung von der Norm, gleichgültig in welche Richtung, löste bei Eltern und Lehrern Verunsicherung aus, was unweigerlich zu Problemen führte. Caine hatte dieses Thema aufgegriffen, und ein in der medizinischen und pädagogischen Fachwelt vielbeachtetes Buch darüber verfasst.

"Du möchtest, dass ich die Aufnahmekommission bei ihrer Entscheidung unterstütze, ob der Junge hier bei uns in Ambrose aufgenommen werden soll oder nicht, nicht wahr Frank?" fragte Caine nach, obwohl er die Antwort eigentlich bereits kannte.

Peterson bestätigte Caines Vermutung.

"Ganz recht, Homer, - um ehrlich zu sein, sind wir mit dieser Sache ein wenig überfordert. Einerseits erfüllt der Knabe, abgesehen von seinem zarten Alter, alle notwendigen Voraussetzungen, um in Ambrose studieren zu können. Andererseits möchten wir auf keinen Fall, dass sich hier bei uns eine so tragische Geschichte wiederholt wie die, die sich vor drei Jahren in Yale ereignet hat. Wir haben unseren Studenten gegenüber schließlich eine gewisse Verantwortung."

Caine konnte Peterson in diesem Punkt nur beipflichten. Betrübt erinnerte er sich an den erst vierzehnjährigen John

Bridgefield, einen außergewöhnlich begabten Jurastudenten, der sich im vierten Semester seines Studiums in Yale von einem hohen Gebäude gestürzt hatte.

"Was kannst du mir noch über den Jungen erzählen, außer dass er erst neun Jahre alt ist, und offensichtlich hochbegabt zu sein scheint, Frank?" Die Erinnerung an das traurige Schicksal von John Bridgefield, hatte Caine inzwischen besorgt gestimmt.

Peterson nahm seine Brille ab, und ließ seinen Blick aufmerksam über die Bewerbungsunterlagen des Jungen schweifen, die ausgebreitet vor ihm auf seinem Schreibtisch lagen.

"Also, der Junge heißt Noah Jacob, und besucht ein erstklassiges Internat in Philadelphia - und zwar die Ben Golden Academy... Er ist anscheinend Vollwaise, und hat vor zwei Jahren ein Stipendium für den Besuch dieser Privatschule erhalten. Dort hat er offenbar mühelos diverse Schulklassen übersprungen, und hat gerade mit ausgezeichneten Zensuren seinen Schulabschluss bestanden... Neben seinen intellektuellen Fähigkeiten, hat sich der Junge außerdem noch durch ein bemerkenswertes musikalisches Talent hervorgetan. - Er spielt Klavier und Violine. Darüber hinaus war er ein sehr erfolgreiches Mitglied des Schultheaters, der Schülerzeitung... ach, und vor einem halben Jahr hat er am landesweit veranstalteten Geschichtswettbewerb teilgenommen, und dabei den zweiten Platz erzielt..." Peterson sah kurz von den Unterlagen auf. "Jetzt möchte er unbedingt aufs College gehen. Er strebt ein Grundstudium der Naturwissenschaften an, und möchte im Anschluss daran Medizin studieren. Er besitzt bereits jetzt ein ausgesprochen differenziertes medizinisches Wissen. - Die Kommissionsmitglieder sind bei ihrer Befragung aus dem Staunen gar nicht mehr herausgekommen..." schmunzelnd setzte Peterson seine Brille wieder auf. "Ich würde sagen, dass es der liebe Gott mit diesem Jungen besonders gut gemeint haben muss."

Caine verzog leicht unwillig das Gesicht.

"Wenn es einen Gott gibt, und dieser es wirklich gut mit dem Jungen gemeint hätte, dann hätte er dem armen Kind lieber die Eltern lassen sollen, anstatt es mit so übermäßiger Klugheit zu versehen." gab er zu bedenken.

Peterson schwieg einen Augenblick bedrückt, dann nickte er zustimmend.

"Ja, da hast du sicher recht. Es gibt natürlich Wichtigeres im Leben als gute Schulnoten. - Wenn ich mir vorstelle, dass eines meiner Kinder so ganz alleine dastehen würde..." er brachte den Satz nicht zu Ende. Stattdessen betrachtete er schwermütig das gerahmte Familienphoto, welches vor ihm auf seinem Schreibtisch stand.

Caine wusste, wie sehr sich Peterson stets um seinen jüngsten Sohn sorgte, der unter starkem Asthma litt, und auch sonst eine eher schwächliche gesundheitliche Konstitution besaß. Da Caine keinen Sinn darin erkennen konnte, den Dekan mit seinen eigenen, trübsinnigen Gedanken zu beelenden, wechselte er rasch das Thema.

"Wie lautet die Empfehlung, bezüglich Noahs College Aufnahme, von Seiten seiner Schule?" fragte er nach.

Abermals vertiefte sich Peterson in seine Unterlagen. Nach einer Weile blickte er auf und erklärte:

"Der Direktor des Internats, der den Jungen übrigens auch hierher begleitet hat, ist der Ansicht, dass der Junge den intellektuellen Anforderungen, die das College stellt, auf jeden Fall gewachsen sein würde. Auch bescheinigt er dem Knaben einen einwandfreien und liebenswürdigen Charakter. Allerdings möchte sich der Schulleiter mit einer persönlichen Empfehlung gerne bewusst zurückhalten. Er möchte, dass wir uns, angesichts der ungewöhnlichen Umstände, selbst ein Bild von dem Jungen machen, und ihn hinsichtlich seiner seelischen Reife und seiner allgemeinen Eignung für ein Studium beurteilen."

Caine nickte wissend.

"Mit anderen Worten: auch er ist verunsichert."

"Ja, ich denke schon", erwiderte Peterson.

Obwohl Caine lächelte, war sein Blick ernst.

"Wenn ein kleiner Junge es fertig bringt, so viele kluge und erfahrende Erwachsene zu verunsichern, dann muss es für diesen Umstand gute Gründe geben. - Ich würde der Sache gerne nachgehen. - Ich nehme an, dass der Junge sich noch in Cambridge aufhält?"

Dekan Peterson nickte. Er wirkte erleichtert.

"Ich hatte mir schon gedacht, dass du so reagieren würdest, und habe den Jungen deshalb für heute nachmittag nochmals einbestellt, damit du ihn dir ansehen kannst. - Ich hoffe, du nimmst mir meine eigenmächtige Handlungsweise nicht allzu übel, aber da der Junge bereits morgen früh wieder nach Philadelphia abreisen wird... nun ja, die Zeit wurde einfach zu knapp, um dich vorher angemessen informieren zu können..."

"Das ist schon in Ordnung, Frank", beschwichtigte Caine. "Ich helfe wirklich sehr gern, wenn ich es kann. - Jetzt sollte ich nur noch ganz konkret wissen, was genau sich die Aufnahmekommission von meiner Intervention verspricht."

Peterson kratzte sich verlegen am Hinterkopf.

"Die Kommission, und das betrifft natürlich auch mich als deren Vorsitzender, möchte, dass du die endgültige Entscheidung treffen sollst, ob wir Noah Jacob auf unser College aufnehmen oder nicht. Grundsätzlich wäre die Kommission geneigt, einer Aufnahme zuzustimmen. Allerdings sind wir uns natürlich auch dessen bewusst, dass die Entscheidung, so ein Kind für ein Studium zuzulassen, auf keinen Fall leichtfertig getroffen werden darf. Die Kommission will sich daher in dieser Angelegenheit ganz auf dein Expertenurteil verlassen, Homer."

Homer Caine nickte ernst.

"Sag mal Frank, wer ist eigentlich der gesetzliche Vertreter des Kindes. - Ich meine, diejenige Person wird doch schließlich auch noch ein Wörtchen mitzureden haben..."

Peterson seufzte betrübt.

"Ach ja, das ist auch so eine Sache... der Schulleiter hat mir erzählt, dass der Junge vor zwei Jahren, ganz ohne Begleitung, in Philadelphia angekommen sei. - Ohne Begleitung und ohne Gepäck. Anscheinend sind die Eltern des Jungen verstorben, als er noch sehr klein gewesen ist, so dass er sich nicht einmal an die vollständigen Namen seiner Eltern erinnern kann. Offenbar kann oder will sich der Junge auch sonst an nichts aus seiner Vergangenheit erinnern. Der Schulleiter denkt, dass der Knabe sich, vor seiner Aufnahme auf die Ben Golden Academy, ganz alleine durchgeschlagen hat..." Peterson seufzte abermals. "Wie dem auch sei: inzwischen hat der Schulleiter inoffiziell die Rolle eines Vormundes für den Knaben übernommen. - Sollte er nun hier bei uns aufs College gehen, so müsste auch die Vormundschaftsfrage neu überdacht, und angemessen geregelt werden."

Caine verschränkte die Arme vor der Brust, und lehnte sich zurück. Er war mittlerweile sehr nachdenklich geworden.

"Was ist eigentlich dein ganz persönlicher Eindruck von dem Jungen, Frank? - Ich meine: mal völlig abgesehen von seiner offenbar beeindruckenden Intelligenz."

Der Dekan stützte sich mit beiden Händen auf die solide Schreibtischplatte, erhob sich schwerfällig und ging dann behäbig einige Schritte im Zimmer auf und ab.

"Nun, er ist ein netter, sehr höflicher und bescheidener kleiner Junge", begann Peterson bedächtig, um dann einen Augenblick in Schweigen zu verharren. Es erweckte den Anschein, als ob er sich zunächst ein wenig sammeln müsse. Als er schließlich mit seiner Schilderung fortfuhr, umspielte ein väterliches Lächeln seine Mundwinkel. "Also, er ist ein wirklich niedlicher kleiner Bengel, der eigentlich eher wie ein Sechsjähriger als wie ein Neunjähriger wirkt. Doch sobald er den Mund aufmacht, relativiert sich dieser Eindruck dann wieder. Er scheint nämlich sehr reif für sein Alter zu sein, wobei er eine unaufdringliche und ernsthafte Art an sich hat... Ich muss gestehen, dass es mir regelrecht Freude bereitet hat, mich mit dem Jungen zu unterhalten. - Ich würde sagen, er ist eines von jenen Kindern, die man als Erwachsener leicht ins Herz schließt."

Caine musste unwillkürlich lächeln.

"Das wird vermutlich auch der Grund dafür sein, weshalb sich alle so schwer damit tun, eine klare Entscheidung zu treffen. - Niedliche, rehäugige kleine Kinder, die ihren Willen durchsetzen wollen, können auf uns Erwachsene mitunter eine entwaffnende Wirkung haben."

Verlegen grinsend, setzte sich Peterson wieder.

"Da magst du wohl recht haben, Homer. Allerdings denke ich, dass der Kleine noch etwas mehr als nur kindlichen Charme zu bieten hat. Ich hatte nämlich, während meiner Unterhaltung mit ihm, mehrfach das deutliche Gefühl, dass nicht ich es bin, der dem Gespräch die Richtung gibt, sondern dass dieses Kind die Fäden in der Hand hält. - Meiner Meinung nach, besitzt der Junge diplomatisches Geschick."

Gedankenverloren rieb sich Caine das Kinn.

"Hmh, also ein sehr, sehr junges, nettes, bescheidenes Genie mit diplomatischem Geschick und gewinnendem Charme..." sinnierte er verschmitzt lächelnd. "Also, ich muss schon sagen, Frank, ich kann es kaum noch erwarten dieses Wunderkind persönlich kennen zu lernen!"

Peterson lachte verhalten.

"Die Gelegenheit dazu bietet sich dir ja jetzt... Ich war so frei, den Jungen vor deinem Büro auf dich warten zu lassen. - Wenn du möchtest, kannst du dich den gesamten Rest des

Nachmittags mit ihm befassen. Er wird ja erst morgen früh wieder nach Philadelphia abreisen."

Insgeheim, freute sich Caine sehr auf das Gespräch mit dem Kind. Während des vergangenen halben Jahres, hatte seine psychologische Forschung zunehmend hinter seiner Lehrtätigkeit und seiner Arbeit im Krankenhaus zurückstehen müssen. Die Auseinandersetzung mit einem kleinen Genie, stellte für Caine somit eine überaus willkommene Abwechslung dar. Voller Tatendrang erhob er sich.

"Dann werde ich mich jetzt wohl auf den Weg machen, Frank. Ehe der Junge vor meinem Büro Wurzeln schlägt."

Peterson erhob sich ebenfalls.

"Ach, Homer, ich möchte mich übrigens noch für deine spontane Hilfe bedanken... Entschuldige bitte, dass ich dich mit dieser Angelegenheit so ganz ohne Vorwarnung überfallen habe. Aber die Tatsache, dass ein Neunjähriger sich erfolgreich bei uns bewirbt, kommt nun einmal nicht alle Tage vor. Wir alle waren darüber mehr als überrascht!"

Caine grinste schelmisch.

"Ich habe dir zu danken, Frank! - Du erlöst mich nämlich von einem langweiligen Nachmittag voller Papierkram."

Freudlos, besah sich Peterson den dicken Aktenstapel auf seinem Schreibtisch, den er selbst noch durchzuarbeiten hatte. Er lächelte müde.

***

Professor Caine verließ das imposante Verwaltungsgebäude durch den mächtigen Haupteingang. Draußen empfing ihn angenehm wärmender, strahlender Sonnenschein. Beschwingt lenkte Caine seine Schritte den breiten, gepflasterten Promenadenweg am Rande des Parks entlang, der zum Gebäude der nahegelegenen medizinischen Fakultät führte. Dort befand sich sein Büro.

Es war ein herrlicher Sommertag im August, der sich in den schönsten Farben präsentierte. Ein nahezu wolkenloser Himmel zeichnete sich im perfektesten Blau ab, und die angenehm warme Luft umschmeichelte die Sinne mit Spuren von süßlichem Blütenduft darin. Da noch Semesterferien waren, lag über dem gesamten Campus der friedlich-verschlafene Zauber von Ruhe und Gelassenheit.

Als Caine die Marmor geflieste Eingangshalle des Fakultätsgebäudes betrat, umschloss ihn sofort die wunderbar kühle Stille eines leeren Steinhauses im Sommer. Caine atmete tief durch, und verharrte dort einen Moment lang mit geschlossenen Augen.

Es waren jene ganz stillen Augenblicke, in denen Caine tief in seinem Innersten spüren konnte, wie einsam und unvollständig er sich tatsächlich fühlte. Normalerweise pflegte Caine dieses nagende Gefühl durch engagiertes und nahezu unermüdliches Arbeiten zu betäuben, doch zuweilen ließ er auch zu, dass es von ihm mit seiner ganzen quälenden Macht Besitz ergriff. Seine Einsamkeit bewusst zu fühlen, war für Caine eine Art von leiser, innerer Andacht für seine verstorbene Frau und sein kleines Töchterchen. Er vermisste beide so sehr, dass es ihm beinahe körperliche Schmerzen verursachte, wenn er an sie dachte.

Mit schwerem Herzen, stieg Caine schließlich langsam die Steintreppen bis zum zweiten Stockwerk hinauf, wo sich sein Büro befand. Der lange, breite Korridor, der sich dort vor ihm auftat, war lichtdurchflutet und schien völlig verwaist zu sein. Caine lauschte dem Hall seiner eigenen Schritte, als er auf dem blank polierten Marmorfußboden den leeren Flur entlang schritt. Seine Gedanken waren dabei in die Vergangenheit gerichtet. Der tragische Unfalltod seiner geliebten Frau Jaqueline und seiner kleinen Tochter Anabel, lag nun fünf Jahre lang zurück, und immer wenn Caine mit Kindern zu tun hatte, wurde ihm besonders schmerzlich bewusst, wie sehr ihm seine eigene kleine Familie fehlte. Seine Tochter wäre nun etwa im gleichen Alter gewesen wie der Junge, über dessen Schicksal er gleich mitbestimmen würde.

Als er die schmächtige Gestalt des kleinen Jungen schließlich hinter der Biegung am Ende des Korridors entdeckte, schob Caine seine bedrückenden Erinnerungen mit einem leisen Seufzen eilig beiseite.

Noah stand auf Zehenspitzen auf einem Stuhl, der unter eines der großen, hochgelegenen Fenster gerückt war. Er musste sich mit beiden Händen an die Fensterbank klammern, und ein wenig daran hochziehen, um überhaupt hinaussehen zu können.

Caine hatte den Eindruck, dass der Junge von etwas, was draußen vor sich ging, völlig gefesselt zu sein schien. Also räusperte sich der Professor einige Male laut, während er langsam auf Noah zuging. Er wollte auf sich aufmerksam machen, um den Jungen nicht unnötig zu erschrecken, und dadurch womöglich zu Fall zu bringen. Trotzdem fuhr Noah sichtlich zusammen, als er Caines Anwesenheit bemerkte. Er kletterte eiligst von dem Stuhl herunter, und verharrte dann mit schuldbewusstem Gesichtsausdruck daneben. Als Caine schließlich direkt vor ihm stand, blickte Noah ängstlich zu ihm auf.

Neugierig betrachtete Caine den kleinen Jungen. Wie Peterson bereits erwähnt hatte, sah Noah noch wesentlich jünger aus, als er ohnehin schon war. Er war viel zu klein für sein Alter, von sehr zarter Statur und wirkte zerbrechlich. Noah trug seine Schuluniform: dunkelgraue Hose und Weste, weißes Hemd mit dunkelgrüner Schleife und ein dunkelgrünes Jackett mit aufgenähtem Schulabzeichen neben dem Revers. Seine zur Uniform gehörende Mütze, hatte er nach Schülermanier in eine der Jacketttaschen gestopft. Das kurze, kastanienbraune Haar war ordentlich gekämmt und gescheitelt, und schimmerte rötlich im Sonnenlicht. Sein niedliches Kindergesicht wurde von sehr ausdrucksvollen, großen grünen Augen dominiert. - Er war ein auffallend hübscher Junge. Caine fühlte sich unwillkürlich an eine jener zierlichen Porzellanpuppen erinnert, die seine Schwester seit ihren Kindheitstagen sammelte. Er lächelte den Jungen wohlwollend an.

"Du musst bestimmt Noah Jacob sein. - Ich bin Professor Caine."

Zögerlich ergriff Noah die Hand, die ihm zum Gruß freundlich entgegengestreckt wurde. Seine Kinderhand verschwand in der Hand des Erwachsenen.

"Du meine Güte", dachte Caine bei sich, als er die Hand des Kindes sachte drückte, "so ein kleiner Kerl..."

"Guten Tag, Sir."

Noahs helle Stimme riss Caine sogleich aus seinen Gedanken. Sie war angenehm sanft und melodisch.

Caine lächelte.

"Was hast du dir eben dort draußen angesehen?" wollte er wissen.

Der Anflug eines Lächelns huschte über das zarte Gesicht des Kindes.

"Dort draußen sind ganz viele Eichhörnchen, Sir..." kaum hatte Noah diese Worte ausgesprochen, da schlug er sich auch schon entsetzt eine Hand vor den Mund, so als hätte er gerade etwas sehr Ungehöriges ausgeplaudert. Er schluckte und sah beschämt auf seine Schuhe. "Ich weiß Sir, dass es ungezogen ist auf Stühle zu klettern - es tut mir sehr leid", sagte er kleinlaut und mit gesenktem Blick, "ich musste so lange hier warten, da ist mir langweilig geworden..."

"Ach..." Caine wusste nicht sofort, was er darauf erwidern sollte, da ihn die Entschuldigung des Jungen überraschte. Der

Professor konnte nämlich, beim besten Willen, nichts Ungehöriges an Noahs Verhalten erkennen. Doch ein Blick auf das
eingeschüchterte Kind ließ Caine erahnen, dass Noah wohl
eine überaus strenge Erziehung genossen haben musste. Also
beeilte sich Caine, den Jungen zu beschwichtigen: "Ach... äh...
weißt du, mein Junge, Naturbeobachtungen machen mitunter
den Einsatz gewisser Hilfsmittel erforderlich... daher war es -
unter gegebenen Umständen - völlig legitim auf diesen Stuhl zu
klettern. Du brauchst dich deshalb also nicht zu entschuldigen.
- Ich sollte mich vielmehr bei dir entschuldigen, weil ich dich
so lange habe warten lassen."

Noah blickte forschend zum Professor auf, wobei er ein wenig
aufzuatmen schien. Abermals zeichnete sich dabei der Anflug
eines Lächelns auf seinem Gesicht ab, das eigentümlicherweise
von dem Jungen unterdrückt wurde, indem er rasch die Lippen aufeinander presste. Caine fragte sich, weshalb Noah das
wohl tat.

"Du magst also Tiere gern?" versuchte Caine das Gespräch
wieder in Gang zu bringen.

"Ja , Sir, sehr sogar."

Caine fiel auf, dass Noah eine beinahe übertrieben deutliche
Aussprache besaß, was für ein Kind seines Alters ungewöhnlich
war. Einen Augenblick lang war Caine versucht, Noah danach
zu fragen, wo er ein derart perfektes Englisch gelernt hatte.
Doch dann unterließ er es, da er den Jungen, dessen Vertrauen
er zu gewinnen versuchte, nicht verunsichern wollte.

"Hat man dich darüber in Kenntnis gesetzt, weshalb ich
mich mit dir unterhalten möchte, mein Junge?" fragte Caine
freundlich nach.

Noah nickte ernst.

"Ja, Sir. Sie sind der Experte, der beurteilen soll, ob ich auf
dieses College aufgenommen werde, oder nicht. - Professor
Peterson hat mir erklärt, dass das notwenig wäre, weil ..." Noah

sah betreten zu Boden. "Weil die Aufnahmekommission findet, dass ich ein Ausnahmefall sei, und deshalb ein Experte zu Rate gezogen werden müsste." Noah hielt inne, und beäugte den Professor mit verhaltenem Misstrauen.

Caine begegnete dem Blick des Jungen mit einem aufmunternden Lächeln.

"Und was hältst du davon, dass diese Beurteilung stattfinden soll, Noah?" fragte Caine so beiläufig wie möglich.

Der Junge antwortete nicht sofort. Abermals blickte er kurz zu Boden. Er schien sich zu sammeln, dann holte er tief Luft und sagte, ohne den Professor dabei direkt anzusehen:

"Ich möchte durchaus keine Ausnahme sein, Sir. Ich würde sehr viel lieber die gleiche Behandlung erfahren, wie alle anderen Studienanwärter, die die Aufnahmeprüfung fürs College bestanden haben."

Caine nickte versonnen.

"Peterson hat recht: der Junge ist tatsächlich ein kleiner Diplomat", dachte er bei sich. Er beugte sich zu dem Kind hinunter, um ihm direkt in die Augen sehen zu können.

"Ich kann dich sehr gut verstehen, Noah. Es muss dir sicherlich ein bisschen ungerecht vorkommen, dass wir deine Aufnahme noch sehr viel genauer prüfen, als die der anderen Studienanwärter. Aber wir tun das nur aus Sorge um dein Wohlergehen, mein Junge..., du brauchst also keine Angst vor dieser Beurteilung zu haben. Ich möchte mich nämlich nur ein wenig mit dir unterhalten - und ich würde vorschlagen, dass wir uns jetzt dazu in mein Büro begeben." Caine richtete sich wieder auf, und deutete mit einer Kopfbewegung zur Tür, vor der sie standen.

"Ja, ist gut Sir", erwiderte Noah höflich, während er mit kritischem Blick zum Professor aufsah, dem er nicht so ganz über den Weg zu trauen schien.

Homer Caine öffnete die Tür zu seinem Arbeitszimmer, und ließ den Jungen eintreten.

In einer Ecke des Büros standen zwei schwere, braune Ledersessel. Dazwischen befand sich ein niedriger kleiner Tisch, der mit dicken Büchern und einem Stapel Zeitungen überfrachtet war. Caine bat den Jungen, auf einem der beiden Sessel Platz zu nehmen. Er selbst machte es sich auf dem gegenüberliegenden Sessel bequem.

Aufgrund seiner geringen Körpergröße, musste Noah auf der vordersten Kante des Sessels sitzen, um mit seinen Füßen den Boden erreichen zu können. Inzwischen wirkte er sonderbar unbeteiligt. Aufrecht und völlig regungslos saß er da. Seine Hände ruhten rechts und links von ihm auf dem Sitzpolster. Das feingeschnittene Gesicht des Jungen mit den großen Augen, den sanft geschwungenen Lippen, der Stupsnase und dem etwas blassen, fast porzellanartigem Teint, schien wie festgefroren zu sein.

Caine hatte den Eindruck, dass der Junge seine Mimik und seine Körperhaltung bewusst zu kontrollieren versuchte, um zu verbergen wie sehr er sich fürchtete. Doch Noahs beschleunigter Atem verriet, dass er durchaus nicht unbeteiligt war.

"Wie jemand, der auf seine Hinrichtung wartet", schoss es Caine durch den Kopf, dem der Junge leid tat.

"Du brauchst wirklich keine Angst vor mir zu haben, Noah. Dir passiert hier nichts Schlimmes... Versuche dich doch ein wenig zu entspannen, ja?" Professor Caine lehnte sich in seinem Sessel zurück und schwieg. Er wollte dem Jungen Zeit lassen, sich an die Situation zu gewöhnen. Seiner Einschätzung nach, würde es ein so aufgewecktes Kind wie Noah, ohnehin nicht allzu lange aushalten, völlig untätig stillzusitzen.

Caine hatte recht: bereits nach wenigen Augenblicken, gab Noah seine unnatürlich starre Haltung auf. Zunächst begann er nervös an seinen Jackettknöpfen herumzudrehen, ehe er dazu überging, sich verstohlen im Zimmer umzusehen. Sein Blick blieb schließlich beim Professor hängen, der ihn seinerseits aufmerksam musterte. Caine schwieg noch immer. Noah lehnte sich nun ebenfalls in seinem Sessel zurück. Er verschränkte die Arme vor der Brust, sah den Professor nicht mehr an, und schien nun angestrengt nachzudenken. Nach einer Weile rutschte er wieder in seinem Sessel nach vorne, und blickte Caine recht gefasst in die Augen.

"Darf ich Ihnen vielleicht eine Frage stellen, Sir?" fragte Noah höflich.

Caine lächelte den Jungen aufmunternd an.

"Aber sicher, nur zu... frag mich was immer du möchtest."

Noah zögerte kurz, ehe er seine Frage formulierte.

"Sind Sie *der* Professor Homer Caine, der sich mit der menschlichen Intelligenz auseinandergesetzt, und ein Buch zu diesem Thema geschrieben hat?"

Nun staunte Caine nicht schlecht.

"Ja, ich bin dieser Professor... Du weißt etwas über meine Forschungstätigkeit, Noah?"

Noah seufzte leise. Er wirkte plötzlich vollkommen entmutigt.

"Ja, Sir. Ich habe Ihr Buch gelesen, und daher weiß ich auch, dass Sie dagegen sind mich auf dieses College aufzunehmen... Sie haben mit einigen Kindern gesprochen, die so ähnlich sind wie ich, und dann sind Sie zu dem Schluss gekommen, dass verfrühte Ausbildung und Professionalisierung dazu führt, dass eventuell vorhandene Defizite im sozialen Verhalten und im emotionalen Bereich dadurch verstärkt würden... und deshalb sind Sie dagegen..." Noah verschränkte trotzig die Arme vor der Brust, und sah den Professor nicht mehr an.

Caine schwieg irritiert. Er konnte kaum fassen, dass Noah sein Buch gelesen hatte, und auch noch wortwörtlich daraus zitieren konnte. Der Anblick des enttäuschten kleinen Jungen, der ihm gegenübersaß, stimmte Caine melancholisch.

"Weil du mein Buch gelesen hast, denkst du jetzt also, dass

ich in bezug auf dich eine vorgefasste Meinung habe?" fragte Caine einfühlsam.

Noah schluckte.

"Ich will Ihnen ja durchaus nicht Unrecht tun, Sir. Aber ich denke, dass Sie zumindest eine stark gefestigte Meinung haben müssen. - Schließlich haben Sie ja ein ganzes Kapitel in Ihrem Buch damit gefüllt."

Homer Caine musste schmunzeln. Der Junge hatte ihn durchschaut, und hatte außerdem noch eine durchaus charmante Art, es ihm mitzuteilen. Der Kleine war tatsächlich der geborene Diplomat.

"Ach... weißt du, mein Junge... eine bestimmte Meinung zu haben, bedeutet doch nicht zwangsläufig, dass man nicht mehr dazu in der Lage ist, neue Situationen neu zu beurteilen... Diese Fähigkeit ist es doch, die einen Forscher erst ausmacht - und ich meine von mir behaupten zu dürfen, diesen Forschergeist zu besitzen... Der Ausgang dieses Gesprächs ist also noch vollkommen offen, und ich habe durchaus noch keine Entscheidung getroffen, was Deine Aufnahme hier bei uns auf das College angeht..." Caine lächelte gütig. "Es ist also noch viel zu früh, um jetzt schon den Kopf hängen zu lassen, Noah."

Noah sah den Professor mit leicht zusammengekniffenen Augen forschend an.

"Darf ich Ihnen vielleicht noch eine Frage stellen, Sir?"

Caine nickte.

"Du brauchst mich nicht jedes Mal erst um Erlaubnis zu bitten, wenn du mir eine Frage stellen willst. - Du darfst mir so viele Fragen stellen, wie du möchtest. In Ordnung?"

"Ja, danke, Sir", erwiderte Noah mit der Ernsthaftigkeit eines Erwachsenen. "Ich würde gerne wissen, anhand welcher Kriterien Sie beurteilen wollen, ob ich nun aufs College gehen darf oder nicht, Sir."

Caine nickte gedankenvoll.

"Was für eine Vorstellung hast du denn davon, wie ich das anstellen werde, Noah?" gab Caine die Frage mit Bedacht zurück.

Noah beäugte den Professor misstrauisch. Seine Antwort kam zögerlich, und ein wenig stockend.

"Ich denke, Sir..., dass Sie darauf warten, dass ich etwas Verkehrtes oder etwas Dummes sage..., damit Sie dann eine Begründung dafür haben, mich nicht aufs College gehen zu lassen..."

Caine seufzte.

"Ach, Noah... das ist hier doch kein Katz und Maus Spiel, - und es gibt auch keine richtigen oder falschen Antworten... Ich möchte dich einfach nur ein wenig kennen lernen, um zu verstehen warum es dir so wichtig ist, jetzt schon aufs College zu gehen... Ich meine es wirklich gut mit dir. - Glaubst du mir das, mein Junge?"

Noah zuckte unschlüssig mit den Schultern.

"Darf ich diese Frage vielleicht später beantworten, Sir?" fragte er vorsichtig nach.

"Ach, warum denn?" wollte Caine wissen.

Noah lehnte sich etwas nach vorne, und erklärte in konspirativem Tonfall:

"Weil man, um etwas glauben zu können, doch zunächst einmal ein paar Anhaltspunkte als Grundlage für diesen Glauben braucht, Sir."

Caine lächelte amüsiert. Die gewitzte Art des Jungen, die trotz dessen Verunsicherung und sichtlichem Unbehagen immer wieder zum Vorschein kam, gefiel ihm sehr.

"Nun, da hast du ganz recht, Noah... also, dann lassen wir mal den Glauben beiseite, und wenden uns den Fakten zu... Ich habe gehört, dass du auf die Ben Golden Academy gehst. - Kannst du mir etwas über diese Schule erzählen? - Ich weiß zwar, dass es eine gute Schule sein soll, aber viel mehr weiß ich leider nicht darüber. - Vor allem würde es mich interessieren, wie du dort lebst, und ob du dich dort wohlfühlst." Caine lehnte sich entspannt zurück. Natürlich kannte er die Ben Golden Academy, eine der wenigen, wirklich progressiven Schulen im Lande. Er selbst führte diese Schule oft als positives Beispiel dafür an, dass gute Erziehung und Ausbildung sich auch ohne Prügelstrafe und übermäßige Strenge erreichen ließen. Nun wollte er gerne von Noah selbst hören, was dieser von der Schule hielt. Immerhin bestand ja die vage Möglichkeit, dass der Junge sich dort nicht wohlfühlte, und deshalb so schnell wie möglich aufs College entfliehen wollte.

"Wünschen Sie eine ausführliche Schilderung, oder nur eine kurze Stellungnahme, Sir?" fragte Noah mit dem wachsamen Gesichtsausdruck eines Politikers, der sich davor fürchtet von einem Gegner aufs rhetorische Glatteis geführt werden zu können.

Caine verbarg vor dem Kind ein Schmunzeln. Einen kleinen Knirps so gestelzt reden zu hören, hatte etwas Erheiterndes an sich. Der Professor räusperte sich.

"Noah, erzähle mir doch einfach alles, was dir zu deiner Schule einfällt. - Ob diese Schilderung nun kurz oder lang ausfällt, liegt ganz bei dir."

Noah schien diese Antwort zu verunsichern. Obwohl in seinem Blick eine weitere Frage lag, stellte er sich nicht mehr. Stattdessen setzte er sich aufrecht hin, und holte tief Luft. Sein Gesichtsausdruck war konzentriert.

"Die Ben Golden Academy wurde 1850 in New York von dem jüdischen Schriftgelehrten Abraham Treuherz gegründet, nachdem ihm der reiche und kinderlose Geschäftsmann Ben Golden, kurz vor seinem Tode, sein gesamtes Vermögen vererbt hatte, um eine Stiftung zu gründen, die den Namen Ben Golden nicht in Vergessenheit geraten lassen sollte. Und so war es dann auch: die Schule ist ziemlich bekannt geworden - und zwar so bekannt, dass zehn Jahre später eine weitere Ben Golden Academy in Philadelphia eröffnet wurde. Weil die Schule in New York zu klein geworden war, um alle Schüler aufnehmen zu können..." Noah gähnte hinter vorgehaltener Hand, dann fuhr er fort: "...und auf diese Schule in Philadelphia gehe ich nun seit dem Herbst 1888... Es ist wunderschön dort... Es gibt einen großen Park, und wenn das Wetter schön ist, dann findet der Unterricht manchmal draußen statt... Der Unterricht ist sehr interessant, weil sich die Lehrer wirklich große Mühe geben, uns etwas beizubringen. - Ich mag den Unterricht sehr. Die Lehrer sind zwar streng, aber sie schlagen einen nicht... Wir sind immer zu zweit auf einem Zimmer untergebracht. Mein Zimmergenosse heißt David. Wir verstehen uns ziemlich gut... Jeden Abend vor dem zu Bett gehen, versammeln sich alle Schüler im Speisesaal. Es gibt dort heissen Tee oder warme Milch für uns, und Dr. Bernstein, das ist unser Schulleiter, der liesst uns dann immer aus einem spannenden Buch vor... Das gefällt allen Schülern - sogar den älteren... Mir gefällt es natürlich auch, aber am liebsten mag ich die Ausflüge. Alle 14 Tage, gehen wir zusammen ins Museum oder ins Theater oder ins Grüne - im Zirkus sind wir auch einmal gewesen..." Noah hielt inne. "Fühlen Sie sich jetzt ausreichend informiert, Sir?" fragte er, wobei er den Professor mit seinen großen Augen hilflos ansah.

Caine lächelte väterlich. Er musste sich eingestehen, dass auch er dem Charme des Kindes längst erlegen war. Gleichzeitig rief er sich ins Gewissen, dass er sich bei seiner Beurteilung der Gesamtsituation keinesfalls von seinen persönlichen Gefühlen leiten lassen durfte.

"Ja, allerdings. Das war wirklich ein sehr informativer und umfassender Bericht - vielen Dank Noah!"

Noah sah auf seine ineinander verschränkten Hände.

"Werden Sie mir noch sehr viele Fragen stellen, Sir?" seine Stimme klang besorgt.

"Ich weiß, dass du sehr müde sein musst, nach dem anstrengenden Programm, das du während der letzten Tage hier bei uns absolvieren musstest. Daher will ich versuchen, mich so kurz wie möglich zu fassen. Aber es gibt schon noch ein paar Fragen, die ich dir gerne stellen möchte. - Danach darfst du dich dann ausruhen. Einverstanden?"

Noah erwiderte nichts. Er löste seine ineinander verschränkten Hände, und stützte sich damit auf dem Sitzpolster des Sessels ab. Er blickte angespannt auf den Fußboden vor sich.

Caine lehnte sich etwas nach vorne. Er versuchte Blickkontakt zu dem Kind herzustellen.

"Noah, ich würde sehr gerne etwas über das Leben erfahren, das du geführt hast, bevor du auf die Ben Golden Academy gekommen bist... Möchtest du mir vielleicht etwas darüber erzählen?"

Noah sah den Professor kurz an, und für den Bruchteil von Sekunden, glaubte Caine so etwas wie Panik in Noahs Blick aufflackern zu sehen. Dieser sah sogleich wieder zu Boden und wirkte plötzlich wie versteinert. Es entstand eine kurze Pause, in welcher das Schweigen des Jungen den Raum erfüllte. Dann dauerte es etliche Minuten, ehe Noah sich wieder soweit gefasst hatte, dass er dem forschenden Blick des Professors einigermaßen standhalten konnte. Caine spürte deutlich, dass er mit seiner Frage einen besonders wunden Punkt berührt haben musste.

"Das ist kein sehr ergiebiges Thema, Sir... Ich wüsste nicht, was ich Ihnen darüber erzählen könnte", antwortete Noah ausweichend.

"Also, du könntest mir zum Beispiel etwas über deine Eltern erzählen", ermutigte ihn Caine, wobei er sich darüber im klaren war, dass es sich hierbei um eine durchaus heikle Frage handelte. Daraufhin warf ihm Noah einen langen intensiven Blick zu, der so ernst und so voller Schmerz war, dass Caine sich davon in seinem Innersten tief berührt fühlte, und seine Frage augenblicklich bereute.

"Sie sind tot, Sir", sagte Noah mit scheinbar emotionsloser Stimme.

"Sie fehlen dir sicher sehr. Nicht wahr, mein Junge?" fragte Caine mitfühlend.

Noah wich dem Blick des Professors aus.

"Es gab eine Zeit, da haben sie mir gefehlt. Aber jetzt denke ich nur noch sehr selten an sie."

"Wie alt warst du, als deine Eltern starben?" erkundigte sich Caine.

"Das weiß ich nicht mehr so genau, Sir."

Der Professor spürte, wie sehr er Noah mit seinen Fragen quälte. Doch er konnte nicht umhin sie zu stellen, wenn er etwas über den Jungen erfahren wollte.

"Wer hat sich nach dem Tod deiner Eltern um dich gekümmert?" fragte Caine weiter.

Noah blickte mit starrem Gesichtsausdruck ins Leere, und schwieg. Caine war darum bemüht Blickkontakt herzustellen, doch der Junge schien nun völlig abwesend zu sein.

Homer Caine unterdrückte ein Seufzen. Es war ihm inzwischen klar geworden, dass dieser Junge seine verletzte Kinderseele vor allen weiteren, vermeintlichen oder tatsächlichen, schmerzlichen Einflüssen zu bewahren versuchte, und niemanden so leicht an sich heranlassen würde.

"Noah?" sprach Caine den Jungen nach längerer Pause an.

"Ja, Sir?" erwiderte Noah verunsichert, ohne den Professor dabei anzusehen.

"Du hast meine Frage noch nicht beantwortet", gab Caine ihm freundlich zu verstehen.

Noah schluckte.

"Ich weiss, Sir. - Es tut mir sehr leid", sagte er reumütig, wobei er beschämt auf seine ineinander verkrampften Hände starrte. Abermals entstand eine längere Pause.

"Du möchtest meine Frage nicht beantworten, nicht wahr mein Junge?" stellte Caine schließlich fest.

Der Junge blickte auf, und sah ihn mutlos und traurig an.

"Es tut mir wirklich sehr leid, Sir", sagte Noah bedrückt.

"Ist schon gut, Noah", beschwichtigte Caine mit sanfter Stimme. "Mach dir deswegen keine Gedanken... Ich weiss, dass die Vergangenheit manchmal ein schwieriges Thema sein kann - besonders wenn unerfreuliche Dinge passiert sind, an die man sich nicht gerne erinnern möchte... Es ist manchmal nicht leicht über solche Dinge zu sprechen..." Caine schwieg versonnen, und Noah warf ihm einen kurzen verblüfften Blick zu.

Nachdem sowohl Caine als auch der Junge eine Zeit lang angespannt geschwiegen hatten, bemerkte Caine, dass Noah sehnsuchtsvoll aus dem Fenster sah.

"Weißt du was: draußen ist eigentlich viel zu schönes Wetter, um hier drinnen in einem stickigen Büro zu sitzen. - Was würdest du von einem kleinen Spaziergang halten?"

Noah zögerte kurz, ehe er sagte:

"Ich würde das für eine gute Idee halten, Sir." er wirkte nun ein wenig erleichtert.

Caine lächelte erfreut.

"Na fein, dann lass uns gehen!"

# Kapitel 2

Das Ambrose College war, unter anderem, berühmt für die dazugehörige feudale Grünanlage, die Ambrose Yard genannt wurde. Dieser riesige, gut gepflegte Park, mit dem prachtvollen alten Baumbestand und dem sehr idyllischen kleinen See, bildete gewissermaßen das grüne Herz von Ambrose.

Der Park offenbarte, vom einzelnen Rosenstock bis hin zu den mächtigsten Eichen, eindrucksvoll die britischen Wurzeln derjenigen, die ihn einst mit großer Sorgfalt angelegt hatten. Einige der ältesten College Gebäude, darunter die Hauptbibliothek, die Kapelle und die Verwaltung, befanden sich inmitten des Ambrose Yard, während die zahlreichen neueren Gebäude ihn respektvoll umsäumten. Diese mächtigen roten Ziegelbauten, im Georgianischen Stil, waren größtenteils mit Efeu berankt, und wirkten wie eine kleine friedliche Armee, stiller erhabener Beobachter.

Homer Caine und der Junge gingen auf den gepflasterten Parkwegen schweigend nebeneinander her. Neben dem grossgewachsenen Mann, wirkte Noah noch kleiner und zerbrechlicher, als er ohnehin schon war. Er hatte seine Mütze aufgesetzt, und blickte ab und zu unsicher zum Professor auf. Dieser lächelte ihn jedes Mal freundlich an, woraufhin Noah jeweils erschrocken wieder wegsah.

Caine spürte, wie unwohl sich der Junge in seiner Gegenwart fühlte. Jedes wohlwollende Lächeln, das Caine dem Jungen bereitwillig schenkte, schien Noah innerlich zusammenzucken zu lassen. Der Professor deutete dies als Zeichen von tiefsitzendem Misstrauen.

Nachdem sie eine Weile so gegangen waren, fragte Caine unvermittelt:

"Noah, gibt es hier etwas in Ambrose, das dich besonders

interessiert? - Ich meine abgesehen davon, dass du hier studieren möchtest."

Der Junge sah kurz zum Professor auf. Er wirkte dabei deutlich angespannt.

"Hmh... ja, ich denke schon, Sir...", gab er schließlich halbherzig zu.

Caine lächelte aufmunternd.

"Ach ja? - Dann lass mal hören!"

Noah antwortete nicht sofort. Er starrte vor sich hin, und wirkte auf einmal sehr gehemmt.

Caine hatte für den Jungen schon eine gut gemeinte Ermutigung auf den Lippen, als es ihm plötzlich dämmerte, dass es paradoxerweise seine Freundlichkeit sein konnte, die das Kind einzuschüchtern schien. Also schwieg Caine, und als Noah erneut misstrauisch und verunsichert zu ihm aufsah, bemühte sich der Professor um einen möglichst neutralen Gesichtsausdruck.

Noah beobachtete den Professor sehr genau, und schien nun tatsächlich wieder etwas Mut zu fassen. Er antwortete schließlich in sachlichem Tonfall auf Caines Frage:

"Ich finde sehr vieles hier interessant, Sir. Zum Beispiel das Observatorium, die große Bibliothek, das Naturkundemuseum, das Labor für experimentelle Psychologie..."

Caine horchte auf.

"Ach ja, was findest du denn an dem Labor so interessant?"

Noah zuckte flüchtig mit den Schultern.

"Es soll dort ganz viele verschiedene Tiere geben. Sogar kleine Äffchen..."

"Würdest du dir die Tiere gerne einmal ansehen?" fragte Caine, wobei er Noah aufmerksam musterte.

Noah blickte mit grossen Augen zum Professor auf.

"Meinen Sie denn, dass das möglich wäre, Sir?" erkundigte sich der Junge, der darum bemüht schien seine aufkeimende Aufregung zu verbergen.

Caine war froh darüber, dem Jungen eine kleine Freude bereiten zu können. Er verkniff sich ein Lächeln, und versuchte nun mit Bedacht, einen einigermaßen abgeklärten Eindruck zu vermitteln.

"Es ist wirklich überhaupt kein Problem, Noah. - Da du schon einmal hier bist, solltest du dir die Tiere sogar unbedingt ansehen." erklärte Caine in ruhigem Tonfall. Er fand die Beobachtung sehr bedrückend, dass Noah in seinem bisherigen Leben offenbar so wenig Herzlichkeit erfahren zu haben schien, dass er durch bloße Freundlichkeit aus der Fassung gebracht werden konnte.

Noah lächelte nicht, doch seine Augen strahlten.

"Das wäre wirklich sehr schön, Sir."

Auf dem Weg zum Labor, gingen sie ein Stück am See entlang. Das Wasser glitzerte träge im Sonnenlicht, und die Trauerweiden, die am Ufer standen, spiegelten sich auf der nahezu unbewegten Wasseroberfläche. Einige Entenpärchen waren auf dem See unterwegs, oder hielten sich in Ufernähe auf, wo sie unter den hängenden Weidenzweigen erst auf den zweiten Blick zu entdecken waren.

Sorgenvoll betrachtete Caine den kleinen Jungen, der artig neben ihm herging, und sich anstrengen musste, um mit ihm Schritt halten zu können. Als Caine dies bemerkte, verlangsamte er sofort seine Gangart. Caine war es seit langem nicht mehr gewohnt, mit einem Kind unterwegs zu sein. Normalerweise pflegte Caine die Wege, die er zu Fuß beschritt, in zügigem Tempo zurückzulegen.

"Tapferer kleiner Kerl", dachte Caine bei sich. "Du bräuchtest liebevolle Zuwendung und Geborgenheit, und weil dir das alles mehr oder weniger versagt bleibt, suchst du dein Heil in der Welt des Wissens und den kalten Gemäuern eines Colleges... Wie auch immer ich mich entscheide: es dürfte deine Situation nicht wesentlich verbessern... Ach, wenn ich doch nur wüsste, was ich jetzt mit dir anstellen soll...”

"Sir", riss ihn der Junge aus seinen Gedanken.

Caine räusperte sich.

"Ja, mein Junge?"

"Sie brauchen sich meinetwegen nicht den Kopf zu zerbrechen, Sir. - Ich bin Ihnen auch bestimmt nicht böse, wenn Sie sich gegen meine Aufnahme auf das College aussprechen. - Sie werden schon ihre Gründe haben... Dr. Bernstein, das ist mein Schulleiter, hat mir erlaubt, mich noch an zwei anderen Colleges zu bewerben, und vielleicht kann ich ja an einem davon studieren."

Das Einfühlungsvermögen des Jungen bestätigte Caines Einschätzung, dass er es mit einem besonders sensiblen und emotional wachen Kind zu tun hatte. Noah Jacob war ganz ohne Zweifel ein belastetes Kind, doch sein eigenes Leid hatte ihn nicht verschlossen werden lassen, für die Gefühle seiner Mitmenschen. Er konnte offenbar deutlich spüren was in seinem Gegenüber vorging, und er war dazu in der Lage darauf in angemessener Weise zu reagieren. Caine fand das ermutigend.

Der Professor blieb unvermittelt stehen, woraufhin der Junge es ihm gleich tat, und beunruhigt zu ihm aufsah. Caine ging vor dem Jungen in die Hocke, der ihn mit ängstlichem Blick fixierte. Caine lächelte gütig.

"Du willst absolut und unbedingt aufs College gehen. Koste es was es wolle, nicht wahr mein Junge?"

Noah schluckte, und senkte beschämt den Blick.

"Ja, Sir... Ich denke, dass ich gar nicht anders kann... Ich bin doch jetzt soweit, und wenn der Zeitpunkt gekommen ist, um etwas Bestimmtes zu tun, dann muß man es eben tun... denke ich... Können Sie das verstehen, Sir?"

Caine nickte versonnen.

"Ja, das kann ich gut verstehen..." sagte er ernsthaft. Dann blickte er Noah eindringlich an. "Würdest du denn deine Schule nicht sehr vermissen, wenn du auf dem College wärst? - Ich meine: hier bei uns ist es nämlich längst nicht so nett, wie es auf eurer Schule zu sein scheint."

Scheinbar gleichgültig, zuckte Noah mit den Schultern.

"Ich würde die Schule bestimmt ein klein wenig vermissen, Sir... Aber hier auf dem College, da könnte ich so viel Neues lernen - es gibt hier ja auch viel mehr Bücher... und irgendwann hätte ich die Schule ja sowieso verlassen müssen, - ganz egal wie nett es dort auch sein mag."

Caine legte besorgt die Stirn in Falten.

"Du wärst hier auf dem College das einzige Kind, unter lauter Studenten, die mehr oder weniger erwachsen sind... würdest du dir denn da nicht einsam und verloren vorkommen?"

Noah wich dem Blick des Professors aus.

"Vielleicht, Sir... Aber man kann sich doch auch unter anderen Umständen einsam und verloren vorkommen..." sagte Noah traurig. Dann fügte er noch etwas zuversichtlicher hinzu: "Ich denke, dass ich trotzdem gut auf dem College zurechtkommen würde. - Ich bin ja vielleicht noch nicht so groß wie die anderen Studenten, aber das ist doch nur äußerlich, - und schließlich braucht man ja zum Studieren auch hauptsächlich das Gehirn. Da spielt es doch eigentlich gar keine Rolle wie groß oder klein man ist ... Ich habe ja den Eignungstest für das College bestanden, - was wohl bedeuten muss, dass mein Gehirn genauso gut funktioniert, wie das der anderen Studenten... Es kann also eigentlich gar nichts schief gehen mit dem Studium." Noah zuckte verlegen mit den Schultern. Er schien, von seiner eigenen Argumentation, irgendwie selbst nicht so recht überzeugt zu sein. Er wirkte bedrückt.

Caine dachte bei sich:

"Der Junge ist viel zu ernst und bekümmert. Er traut sich ja noch nicht einmal zu lächeln. Dieses arme Kind bräuchte viel Liebe, aber auf keinen Fall die kalten Anforderungen einer höheren Lehranstalt. Ich kann mir beim besten Willen nicht vorstellen, wie sich dieser sensible kleine Krümel zwischen all den halbwüchsigen, übermütigen Studenten durchsetzen soll. Ich darf das auf keinen Fall zulassen."

Nachdem sie ein weiteres Stück des Weges gegangen waren, blieb Caine abermals stehen. Er fühlte sich innerlich hin und her gerissen, zwischen seiner Sympathie für den kleinen Jungen und der Verantwortung, die er für eine weitreichende Entscheidung zu tragen hatte.

"Ach, streck doch mal bitte deine Hand aus, Noah", bat er den Jungen.

Instinktiv wich Noah einen Schritt zurück.

"Werden Sie mich jetzt schlagen?" fragte er entsetzt.

"Aber natürlich nicht, mein Junge!" beeilte sich Caine, dem verschreckten Kind zu versichern. Er bedauerte es, Noah Angst eingejagt zu haben. "Ich möchte dir nur etwas geben... du brauchst wirklich keine Angst vor mir zu haben. - Ich gehöre nicht zu den Erwachsenen, die kleine Kinder schlagen."

Mit halb zusammengekniffenen Augen und angehaltenem Atem, streckte Noah schließlich zögerlich seinen rechten Arm aus.

Caine griff in seine Westentasche, und zog einige Münzen hervor. Er gab sie dem Jungen.

"Davon wirst du dir bei der nächsten Gelegenheit Süßigkeiten kaufen. Versprichst du mir das?"

Noah sah Caine völlig verdutzt an.

"Ja... vielen Dank, Sir... aber warum wollen Sie denn, dass ich das tue? Süßigkeiten sind doch sehr schlecht für die Zähne..."

Caine lächelte väterlich.

"Das mag schon sein. - Aber dafür sind sie sehr gut für die Seele."

***

Das Labor für experimentelle Psychologie bestand im wesentlichen aus einigen aneinandergereihten, großen Räumen, die mit allerlei Tierkäfigen angefüllt waren. In diesen tummelten sich hauptsächlich Ratten und Mäuse, doch es gab auch andere Tiere. Dazu gehörten einige Affen, ein paar kleinere Hunde, Katzen, Papageien und Raben. In diesen Räumlichkeiten herrschte eine Art kreatives, belebtes Chaos: zwischen den Tierkäfigen befanden sich Arbeitstische, die mit Büchern, Versuchsprotokollen und verschiedensten Gegenständen beladen waren, welche bei den Tierversuchen als Hilfsmittel eingesetzt wurden. Dazu gehörten beispielsweise Spiegel, Glöckchen, Labyrinthe aus Holz, Farbtafeln, Rechenschieber und dergleichen mehr. Die eigentlichen Experimente wurden jedoch in zwei, sehr spartanisch eingerichteten, separaten Räumen durchgeführt. Diese wissenschaftlichen Versuchsreihen bestanden hauptsächlich darin, Tiere (und gelegentlich auch Studenten, die sich freiwillig zur Verfügung stellten), in bestimmten Situationen zu beobachten, und deren Verhalten genau zu dokumentieren.

Als Caine in Begleitung von Noah das Labor betrat, war Professor James Watford gerade dabei einem Totenkopfäffchen, das auf seiner Schulter saß, ein Stück Apfel anzubieten.

Der 48 jährige Professor war eine imposante, bärtige Erscheinung, mit wettergegerbtem Gesicht und störrischem dunkelblonden Haar. Seinem Aussehen nach, konnte man durchaus den ein oder anderen Wikinger unter seinen Vorfahren erahnen. Der Zoologe, der auf einer bescheidenen Farm im mittleren Westen aufgewachsen war, hatte einst in seiner Jugend ein Ambrose Stipendium erhalten. Doch trotz seiner durchaus bemerkenswerten akademischen Karriere, hatte James Watford nie den Drang verspürt, sich seinem elitären Umfeld mehr als unbedingt notwendig anzupassen. Er war sich selbst treu geblieben, und noch immer ein echter Naturbursche, welcher der feinen Lebensart im Osten nicht sehr viel abgewinnen konnte. Er hielt sich am liebsten im Freien auf, und hatte sich seine unkomplizierte und direkte Art aus Jugendzeiten bewahrt.

"Guten Tag, James", begrüßte Caine seinen besten Freund und Kollegen, der, wie so oft, einen weißen Laborkittel über seinem Anzug trug.

Watford grinste breit.

"Guten Tag, Homer. Wie ich sehe, hast du unseren zukünftigen Kollegen, Professor Jacob mitgebracht."

Caine mußte lachen. Ihm fiel ein, dass Watford Mitglied der Aufnahmekommission war, und Noah daher bereits kennengelernt hatte.

"Nun ja, James. - Ich denke, dass Noah heute schon genug alternden Herren begegnet ist, und jetzt ein wenig Abwechslung vertragen könnte. Deshalb wollte ich ihn einen Blick auf unsere Tiere werfen lassen."

Noah sah gebannt auf das Äffchen, welches inzwischen das Apfelstückchen verspeist hatte, und dazu übergegangen war an Watfords Vollbart herumzuzupfen.

"Na, Mr. Jacob, was können Sie mir über dieses Tier hier erzählen?" fragte Watford den Jungen, während er ein weiteres Apfelstückchen an das Äffchen verfütterte.

Noah, der noch immer fasziniert das Äffchen bestaunte, antwortete ohne Umschweife:

"Das ist ein Saimiri sciureus, auch Totenkopfäffchen genannt. Seine Heimat sind die südamerikanischen Urwälder. Totenkopfäffchen sind tagaktive und lebhafte Tiere. Sie leben normalerweise in größeren Gruppen und fressen hauptsächlich Früchte, Nüsse, und Insekten. Die Tragzeit der Weibchen beträgt etwa 24 bis 26 Wochen."

Professor Watford nickte zufrieden, und warf seinem Kollegen einen vielsagenden Blick zu. Dann sagte er zu Noah:

"Ganz hervorragend, Mr. Jacob, und nun setzen Sie sich doch

bitte mal dort drüben hin." Professor Watford deutete auf einen Stuhl, der in einer Ecke stand.

Noah sah zuerst ihn, dann Professor Caine fragend an. Er wirkte ziemlich verunsichert.

"Setzen Sie sich dahin, junger Mann, und dann nehmen Sie mir mal diesen kleinen Quälgeist hier ab." Watford nahm behutsam das Äffchen von seiner Schulter. "Er heißt Archimedes, ist vollkommen zahm und mag am liebsten Nüsse."

Noah blickte Professor Watford ungläubig an.

"Darf ich ihn wirklich halten, Sir?"

"Aber sicher. - Und wenn Sie ihm diese hier geben", Watford reichte Noah eine Handvoll ungeschälter Erdnüsse, "dann wird er Sie bis ans Ende seiner Tage lieben."

Noah setzte sich artig auf den Stuhl, und der Professor setzte ihm das Äffchen auf den Schoß. Die Augen des Jungen strahlten, und er brachte sogar beinahe ein Lächeln zustande. Das Äffchen griff sofort nach der Nuß, die Noah ihm hinstreckte, und begann sie von der Schale zu befreien.

Watford zwinkerte Caine vergnügt zu, und einen Moment lang betrachteten beide Professoren liebevoll das zufriedene Kind, dessen ganze Welt sich in diesem Augenblick um das Tier drehte, das auf seinem Schoß saß, und sich bereitwillig von ihm füttern und streicheln ließ.

"Ach, Homer, wenn ich dich vielleicht kurz sprechen könnte..."

Watford deutete mit einer flüchtigen Kopfbewegung zum Nebenzimmer.

Caine nickte. Er beugte sich zu Noah hinunter, und berührte ihn leicht an der Schulter.

"Wir beide sind kurz nebenan, Noah. - Wenn Archimedes Schwierigkeiten macht, dann rufe einfach nach uns. In Ordnung?"

Noah nickte eifrig.

"Ja, ist gut, Sir."

Caine begleitete Watford ins Nebenzimmer, und schloss die Tür hinter sich.

"Hast du schon eine Entscheidung getroffen, was den Jungen angeht?" wollte Watford ohne Umschweife wissen.

Caine seufzte betrübt.

"Ach James, du weißt ja was ich davon halte, Kinder verfrüht mit Aufgaben zu betrauen, die nicht ihrem Alter entsprechen... Ich wünschte inständig, der Junge hätte ein richtiges Zuhause in das ich ihn zurückschicken könnte, denn ich bin in diesem Fall ganz klar gegen eine Aufnahme auf das College. - Ich meine, sieh dir den Kleinen doch nur mal an! Das ist ja praktisch noch ein Baby! - Es mag keinen Zweifel an seiner wirklich außergewöhnlichen Begabung geben, doch um ehrlich zu sein, habe ich so meine Zweifel an seiner Altersangabe: ich glaube nämlich nicht, dass dieses Kind tatsächlich neun Jahre alt ist, - obwohl das auch keinen großen Unterschied macht... Er ist ein kleines Kind, so oder so, und kleine Kinder haben auf einem College nichts verloren."

Watford nickte bedächtig.

"Ich kann Dich nur zu gut verstehen, Homer. Ich teile deine Meinung. Aber der Kleine hat nun einmal kein Zuhause, in das du ihn zurückschicken kannst, und wenn wir ihn nicht aufnehmen, wird es ganz gewiss ein anderes College tun. Der Junge ist nämlich absolut unglaublich, und auf die allermeisten Mitglieder unseres Berufsstandes macht das einen gewaltigen Eindruck. - Und zwar einen so gewaltigen Eindruck, dass sie darüber leider allzu gern vergessen, dass dieses Kind neben seinem überaus regen Geist auch noch eine zerbrechliche Kinderseele besitzt, die noch einige Jahre gehegt und gepflegt werden muss, damit aus dem Knaben mal etwas Vernünftiges werden kann..."

Caine nickte bedrückt.

"Ja, dessen bin ich mir ebenfalls bewusst. Das ist es ja auch, was meine Entscheidung in diesem Fall, zu einem solchen Dilemma macht."

Watford zog eine Pfeife und ein Säckchen mit Tabak aus einer seiner Kitteltaschen. Dann machte er sich daran, mit geübten Bewegungen, die Pfeife zu stopfen.

"Ich denke", begann er beiläufig, "dass man den Jungen mit gutem Gewissen auf dem College aufnehmen könnte, wenn sich jemand persönlich um ihn kümmern würde... Ich meine damit einen verantwortungsvollen Erwachsenen, der ein Auge darauf hat, dass der Kleine zwischendurch mal an die frische Luft kommt, und sich auch mit anderen Dingen, als nur mit seinen Büchern beschäftigt..."

Caine ahnte, worauf sein Freund hinaus wollte, und irgend etwas daran gefiel ihm nicht.

"Du denkst, dass ich mich um den Jungen kümmern könnte, nicht wahr, James?"

Watford nickte.

"Ist die Aufnahmekommission auf diese Idee gekommen?" erkundigte sich Caine.

Kopfschüttelnd erwiderte Watford:

"Du kennst doch die Kommission, Homer. Die würden den Jungen, seiner Begabung wegen, sofort aufnehmen. Ein Elite College wie Ambrose, ist schließlich auf außergewöhnlich begabte Studenten angewiesen. Mit verwöhnten reichen Muttersöhnchen allein, kommt man nun einmal nicht zu wissenschaftlichem Ruhm und Ehre... Nur der Dekan und ich hatten Bedenken, - vermutlich weil wir beide selbst Kinder haben, die in dem Alter sind wie der Junge. Daher wurdest du hinzugezogen... Und die Idee, dass du dich um den Kleinen kümmern könntest, die ist ausschließlich auf meinem Mist gewachsen. Das hat überhaupt nichts mit der Kommission zu tun." Watford entzündet ein Streichholz, hielt es in den Pfeifenkopf, und begann an seiner Pfeife zu ziehen. "Um ehrlich zu sein, würde ich das für eine ideale Lösung halten... Ich hatte sogar schon mit dem Gedanken gespielt, mich selbst um den Kleinen zu kümmern. Doch wie du ja weißt, habe ich bereits vier von der Sorte, und ich finde oft genug nicht einmal die Zeit, mich um meine eigenen Kinder zu kümmern."

Caine spürte, wie sich seine Kehle zuschnürte.

"Das ist nicht so einfach, James..." brachte er mit tonloser Stimme hervor.

Watford zog genüsslich an seiner Pfeife, und blies dann den Rauch gemächlich wieder aus. Er ging er einen Schritt auf Caine zu.

"Homer, der Kleine hat seinen Schulabschluss schon hinter sich. Im Grunde genommen, hat er damit sein Stipendium für die Ben Golden Academy verwirkt. Wenn sie ihn dort noch eine Weile behalten sollten, dann aus reiner Menschenfreundlichkeit. Er müsste jetzt eigentlich aufs College gehen. Und wenn er dort niemanden hat, der sich angemessen um ihn kümmert, wird er vermutlich vor die Hunde gehen."

Homer Caine klopfte seinem Kollegen beschwichtigend auf die Schulter.

"Ich weiß, mein Freund, - und glaube mir: ich teile deine Sorge... Noah Jacob ist wirklich ein sehr liebenswerter kleiner Junge, und er hat es verdient, dass man sich alle Mühe gibt, um eine einigermaßen akzeptable Lösung für ihn zu finden. - Aber ich kann mich auf keinen Fall persönlich um ihn kümmern."

Watford runzelte verwundert die Stirn.

"Ich verstehe dich nicht," sagte er kopfschüttelnd, "du kümmerst dich beinahe unermüdlich um deine Patienten, und nebenbei bist du deinen Studenten auch noch ein großartiger Mentor. Davon abgesehen, warst du einmal ein sehr liebevoller Familienvater... Wenn ich jemanden als Menschenfreund bezeichnen würde, dann dich. - Warum willst du dich dann nicht um dieses arme Kind kümmern? - Du könntest etwas Gutes tun, und gleichzeitig hättest du die einzigartige Möglichkeit, über mehrere Jahre hinweg, die weitere Entwicklung des Jungen zu beobachten, - und zu steuern, wenn es notwendig sein sollte. - Auf jedem anderen College, wäre dieses Kind vermutlich einfach nur eine wissenschaftliche Attraktion. Aber unter deiner Obhut hätte Noah die Chance, nicht nur ein kleines Genie, sondern vor allen Dingen ein Kind sein zu dürfen... Du hast die Wissenschaft nie über die Menschlichkeit gestellt, Homer, was dich zu einem so guten Arzt macht... Du wärst in meinen Augen genau der Richtige für den Jungen."

Caine erwiderte nichts auf Watfords gut gemeinte Rede, sondern sah diesen nur einen Moment lang stumm an. Dann ließ er sich auf einen Stuhl sinken der, neben einem weiteren Stuhl und einem Tisch, die einzige Möblierung im Raum darstellte. Er fühlte sich auf einmal sonderbar müde und ausgelaugt. Sein Herz war ihm schwer, und seine aufgescheuchten Gedanken kreisten in beschleunigtem Tempo in seinem Kopf herum, so dass sie jede Klarheit verloren. Er stützte seine Ellenbogen auf die Tischplatte auf, und verbarg sein Gesicht in den Handflächen, um sich zu sammeln. Während er einen Moment lang so verharrte, spürte er deutlich die Blicke seines Freundes, die auf ihm ruhten. Doch es machte ihm nichts aus. Er und Watford kannten sich bereits seit vielen Jahren. Sie hatten schon allerlei private und berufliche Höhen und Tiefen miteinander geteilt, so dass Caine nicht das Gefühl hatte, sich vor Watford verstellen zu müssen. Es wäre ohnehin völlig sinnlos gewesen, da Watford über eine einzigartige Menschenkenntnis verfügte.

Caine versuchte angestrengt seine Gedanken zu ordnen, was ihm nicht so recht gelingen wollte. Schließlich erhob er sich seufzend. Er ging zur Tür, öffnete sie einen Spalt breit, und warf einen Blick ins andere Zimmer, wo Noah vergnügt mit dem Äffchen spielte - oder das Äffchen mit dem Kind spielte, je nachdem wie man es betrachtete. Dann schloss er lautlos die Tür. Er wandte sich wieder an seinen Freund:

"Dieses Kind braucht jemanden, der sich um sein Wohlergehen sorgt - so wie jedes andere Kind auch - da stimme ich dir natürlich absolut zu, James. - Aber ich denke nicht, dass ich der Richtige für diese Aufgabe bin... Ich bin einmal ein Familienvater gewesen - und ich bin es wirklich sehr gern gewesen, aber diese Zeiten sind vorbei, und jetzt bin ich nur noch ein Arzt und ein Mentor. - Nicht mehr und nicht weniger..."

James Watford nickte wissend.

"Und ein sehr guter Freund", fügte er hinzu. Dann sagte er noch: "Ich weiß was für ein Mensch du bist, Homer, und deshalb weiß ich auch, dass du dem Jungen weiterhelfen wirst."

***

Als Caine sich wieder zu Noah gesellte, war das Äffchen gerade dabei Noahs Mütze aus dessen Jacketttasche zu zerren. Der Junge wollte die Mütze noch festhalten, doch das flinke Tierchen war wesentlich schneller, und flitzte mit der Mütze davon. Caine mußte lachen als er sah, wie Noah dem Äffchen verdutzt hinterher blickte. Seine trüben Gedanken verloren augenblicklich ein wenig an Gewicht.

"Ach, James", wandte sich Caine an Watford, "würde es dir etwas ausmachen, wenn dir der Junge noch ein Weilchen Gesellschaft leistet? Ich möchte mich jetzt gerne mit seinem Schulleiter unterhalten."

Watford schmunzelte.

"Laß dir nur Zeit, Homer. Du weißt ja, dass ich immer Verwendung für einen tüchtigen jungen Assistenten habe."

"Danke, James!"

An Noah gewandt, sagte Caine:

"Ich hoffe, es macht dir nichts aus, eine Weile hier zu warten."

Noah schüttelte eifrig den Kopf.

"Nein, ganz bestimmt nicht, Sir."

Lächelnd meinte Caine:

"Das hatte ich mir beinahe gedacht... Sag mal, Noah, wo finde ich deinen Schulleiter?"

"Er wartet in der Bibliothek auf mich... In dem Gebäude, in dem sich Ihr Büro befindet, Sir."

"Gut, ich werde dich dann später hier abholen und dir mitteilen, was ich bezüglich deiner Aufnahme bei uns entschieden habe, Noah."

Noah schluckte, wandte seinen Blick vom Professor ab, und sah betrübt auf den Fußboden.

"Ja, ist gut, Sir", sagte er leise.

***

Dr. Ephraim Bernstein war ein freundlicher Mann von etwa 45 Jahren. Er trug einen dunklen, schon etwas graumelierten Vollbart, und seine wachen braunen Augen blickten voller Optimismus durch die runden Gläser seiner Silber umrandeten Brille. Er wirkte klug und gütig.

"Es ist mir eine große Ehre Sie persönlich kennen zu lernen, Professor Caine. Ihre Studien über die kindliche Entwicklung, waren für mich als Pädagogen wirklich außerordentlich aufschlussreich."

Caine lachte gutmütig.

"Ach, Sie sind auch einer meiner Leser? Ich muß sagen, ich fühle mich geschmeichelt... Noah scheint ebenfalls etwas von mir gelesen zu haben."

Amüsiert schmunzelnd, erwiderte Bernstein:

"Oh ja, vor unserem Wunderknaben ist kein einziges Buch sicher. Er verschlingt sie regelrecht."

Die medizinische Fachbibliothek befand sich im Erdgeschoß der medizinischen Fakultät, und diente zugleich als Lesesaal für die Studenten. Aus diesem Grund waren in den relativ breiten Gängen, zwischen den hohen Regalwänden, jeweils lange schmale Tische aufgestellt. Große Fenster sorgten für ausreichend Tageslicht.

Bis auf die Bibliothekarin, die in ihrem winzigen Büro saß und Bücher katalogisierte, hielt sich aufgrund der Semesterferien niemand in der Bibliothek auf. Professor Caine und Dr. Bernstein waren also unter sich. Die beiden Männer nahmen an einem der langen Tische Platz. Das Sonnenlicht zauberte schimmernde, kreisförmige Muster auf die dunkle Tischplatte. Caine eröffnete das Gespräch:

"Dr. Bernstein, ich habe mir inzwischen persönlich ein Bild von Noah Jacob machen können... Nun wäre ich sehr froh, wenn ich von Ihnen noch etwas mehr über den Jungen erfahren könnte."

Bedächtig nickend nahm Dr. Bernstein seine Brille ab, zog ein weißes gefaltetes Taschentuch hervor, und begann damit sorgfältig die Gläser zu reinigen. Sein Blick war dabei in die Ferne gerichtet.

"Noah ist ein ganz besonderes Kind... In den zwei Jahren, die er nun bei uns ist, hat er meine Kollegen und mich immer wieder in Erstaunen versetzt. - Noch nie habe ich ein Kind erlebt, das so glücklich und dankbar darüber gewesen ist, etwas lernen zu dürfen... Die Begabung, die er in den unterschiedlichsten Bereichen unter Beweis gestellt hat, ist einfach phänomenal. Aber das Bemerkenswerteste an ihm ist ganz gewiss die unglaubliche Willensstärke, die er an den Tag legt. Man sieht das dem kleinen Kerl auf den ersten Blick gewiss nicht an, aber hinter seinem niedlichen Äußeren, seiner unaufdringlichen und sehr sanftmütigen Art, da verbergen sich eine ungewöhnliche Zielstrebigkeit und ein sehr starker Wille. Wenn Noah sich etwas in den Kopf gesetzt hat, dann zieht er sämtliche Register, um an sein Ziel zu gelangen..." Bernstein lächelte und machte eine hilflose Geste. "Aber weil er so ein liebes und gutartiges Kind ist, das seine Intelligenz und seine Kreativität darauf verwendet, um höhere Ziele zu erreichen, kann man ihm einfach nicht böse sein... Ich muss zugeben, dass ich mich schon mehr als nur einmal von Noah habe um den Finger wickeln lassen."

Caine nickte verständnisvoll.

"Ich denke, ich verstehe was Sie meinen..."

Als Caine den Schulleiter nach Noahs Vergangenheit fragte, verfinsterte sich dessen Gesichtsausdruck. Zwischen Bernsteins Augenbrauen zeichnete sich plötzlich eine deutliche senkrechte Falte ab.

"Diesbezüglich wissen wir leider so gut wie gar nichts über den Jungen... Es ist ein bisschen so, als wäre er vor zwei Jahren einfach vom Himmel gefallen, und direkt in New York gelandet, wo er dann die Aufnahmeprüfung für unsere Schule abgelegt und bestanden hat... Die Ben Golden Academy vergibt jedes Jahr eine Handvoll Stipendien an besonders begabte Jungs aus ärmeren Familien, und Noah hatte ein solches Stipendium erhalten. Da die Schule in New York keinen Platz mehr für Noah gehabt hatte, wurde er dann zu uns nach Philadelphia geschickt. - Ich kann mich noch sehr gut an den Tag erinnern, als Noah zu uns kam... Er kam erst abends, und zwar ohne Begleitung, bei uns an. Da er zu klein war, um an den Türklopfer heranzukommen, konnte er sich nicht richtig bemerkbar machen. Der arme Junge muß wohl auch schon ziemlich erschöpft gewesen sein, und ist schließlich vor dem Haupteingang eingeschlafen. Dort hat er dann die Nacht verbracht. Am nächsten Morgen ist unser Hausmeister dann fast über ihn gestolpert. Er hat Noah für einen Straßenjungen gehalten, hat ihn im Genick gepackt und in mein Büro gezerrt, um zu fragen, was er mit ihm anstellen soll.... Noah war in keinem sehr guten Zustand, als er bei uns ankam. Er war unterernährt, schlecht gekleidet und die einzigen Habseligkeiten, die er bei sich hatte, waren eine Zahnbürste, ein Kamm und ein dickes altes Lexikon... So wie es aussieht, muss der Junge sich wohl eine ganze Weile alleine durchgeschlagen haben, bevor er zu uns kam.”

Caine schüttelte fassungslos den Kopf.

“Und Sie konnten nicht das Geringste über die Vergangenheit des Jungen in Erfahrung bringen?” erkundigte er sich.

Dr. Bernstein seufzte.

“Ich hatte mich natürlich dazu veranlasst gesehen, einige Nachforschungen anzustellen. Allerdings ohne großen Erfolg. Das Einzige, was ich herausfinden konnte war, dass Noah nirgendwo vermisst zu werden scheint - zumindest gibt es keine offizielle Vermisstenanzeige, auf die Noahs Beschreibung passen würde... “

Caine sah für einen Augenblick gedankenverloren aus dem Fenster. Das schöne Wetter draußen, das ihn noch vor wenigen Stunden erfreut und beflügelt hatte, kam ihm nun plötzlich seltsam unwirklich vor. Caine wandte sich wieder dem Schulleiter zu:

“Denken Sie, dass Noah sich nicht an seine Vergangenheit erinnern kann, oder denken Sie, dass er aus irgend einem Grund nicht darüber sprechen möchte?”

Dr. Bernstein faltete sorgfältig sein Taschentuch zusammen, und steckte es ein.

“Ich bin mir nicht ganz sicher..., aber ich bin davon überzeugt, dass Noah eine große seelische Last mit sich herumträgt, und dass er schweigt, weil er sich vor etwas fürchtet. - Er ist ein sehr misstrauisches Kind, und es nicht gerade leicht sein Vertrauen zu gewinnen - um nicht sogar zu sagen beinahe unmöglich...”

Dr. Bernstein strich sich nachdenklich über den Bart. "Eine ganze Zeit lang, hatte ich Noah noch sehr bedrängt, damit er etwas von sich preisgibt, doch schließlich habe ich es aufgegeben, da ich keinen Sinn darin erkennen konnte, ein ohnehin schon verstörtes Kind noch mehr zu verängstigen."

Caine gab Dr. Bernstein zu verstehen, dass er dessen Ansichten teilte.

"Gibt es irgendwelche Hinweise, aus denen Sie vielleicht schließen können, aus welchem Umfeld der Junge stammt?" fragte Caine.

Mit sachtem Kopfnicken gab Dr. Bernstein zu verstehen, dass es so war.

"Nun, es gibt durchaus Hinweise: Noahs Muttersprache ist nicht Englisch sondern Jiddisch. - Aus Osteuropa eingewanderte Juden sprechen Jiddisch, und in New York gibt es nicht wenige davon... Außerdem musste Noah, um sein Stipendium für unsere Schule zu erhalten, seine Kenntnis der Hebräischen Sprache unter Beweis stellen. - Ich denke also, dass man davon ausgehen kann, dass Noah unter religiösen Juden gelebt haben muss, denn Hebräisch lernt man schließlich nicht irgendwo auf der Straße."

"Mir ist aufgefallen, dass Noah ein fast schon übertrieben perfektes Englisch spricht - hat er das auf Ihrer Schule gelernt?"

Dr. Bernstein verneinte.

"Sein Englisch war schon ausgezeichnet als er zu uns kam, nur hatte er damals noch einen ganz leichten Akzent. - Nach nur etwa zwei Monaten, hatte er seinen Akzent dann bereits vollständig abgelegt."

Caine beschäftigte noch eine weitere Frage.

"Während der Zeit, die ich heute mit Noah verbracht habe, hat der Junge kein einziges Mal gelächelt. Verhält er sich sonst auch so?"

Bernstein schien erstaunt zu sein.

"Hmh, Noah ist sicherlich ein eher ernsthaftes Kind, aber dass er nie lächeln würde, ist mir bisher nicht aufgefallen."

"Eigenartig..." murmelte Caine.

Allmählich hielt es Professor Caine für angebracht, dem Schulleiter für dessen große Geduld bei der Beantwortung seiner zahlreichen Fragen zu danken. Dr. Bernstein erwiderte den Dank mit einem freundlichen Lächeln.

"Sie haben keine leichte Entscheidung zu treffen, Professor Caine, und ich bin froh, wenn ich Ihnen dabei behilflich sein kann. Ich schätze Ihr großes Engagement sehr. So etwas ist durchaus nicht selbstverständlich..."

"Nun, wenn das so ist, würde ich Ihnen gerne noch einige weitere Fragen stellen..." entgegnete Caine. "Dr. Bernstein, Sie kennen Noah nun schon eine Zeit lang. - Was können sie mir sonst noch über den Jungen erzählen? - Wie verhält er sich seinen Mitschülern gegenüber? Gab es jemals irgendwelche Schwierigkeiten mit ihm auf dem Internat?"

"Es gab eigentlich nie Schwierigkeiten. Noah verbringt seine gesamte freie Zeit entweder lesend in der Bibliothek, oder er spielt Klavier und Violine. Allen Beschäftigungen, für die unsere anderen Jungen sich begeistern, scheint Noah nicht viel abgewinnen zu können. Aber obwohl er eher ein Einzelgänger ist, kommt er doch erstaunlich gut mit seinen Mitschülern aus. Noah läßt sich nie provozieren, hält sich aus sämtlichen Streitereien heraus, und läßt sich auch nicht zu Streichen anstiften. Er hat sich andererseits, aber auch den Lehrern gegenüber, nie über seine Mitschüler beklagt - obwohl ich denke, dass er gelegentlich durchaus Grund dazu gehabt hätte... Als Noah zu uns kam, hat er nachts oft geweint. Das hat dann seinen Zimmergenossen beunruhigt, der es gemeldet hat... Nun, es ist nicht wirklich ungewöhnlich, dass unsere Kleinsten am Anfang Schwierigkeiten haben, sich an das Internatsleben zu gewöhnen. Doch dagegen haben wir bei uns ein bewährtes Mittel, welches dann auch bei Noah sehr gut gewirkt hat."

Caine war neugierig.

"Ach ja, und welches Mittel war das?"

"Eine Frau."

"Wie bitte?!" fragte Caine verdutzt.

Bernstein lachte. Er hatte ein sehr sympathisches Lachen.

"Mrs. Liebermann. - Sie ist Lehrerin, und eine wirklich herzensgute Person. Sie verbringt jeden Abend zwei Stunden mit unseren jüngsten Schülern, bastelt, malt und singt mit ihnen und verteilt Kekse und mütterliche Zuwendung. - Den Kindern tut das sehr gut. Es hilft ihnen das Heimweh zu überwinden, und sich besser bei uns einzuleben."

Vermutlich inspiriert durch die Schilderung von Dr. Bernstein, ging Homer Caine ganz plötzlich, wie aus dem Nichts, ein Licht auf. Zu seinem eigenen Erstaunen, wusste er auf einmal sehr genau, wie er etwas wirklich Sinnvolles für Noah tun konnte. Ein denkbar einfacher, und mit größter Wahrscheinlichkeit gut durchführbarer Plan, breitete sich überraschend, in nahezu sämtlichen Details, wohlgefällig vor Caines geistigem Auge aus. Er konnte es selbst kaum fassen. Zufrieden und erleichtert, wandte er sich schließlich an den Schulleiter:

"Dr. Bernstein, ich glaube, Sie haben mich da auf eine Idee gebracht..."

# Kapitel 3

Freitag nachmittags ging es auf dem Bostoner Bahnhof ebenso emsig zu, wie in einem Bienenstock. Reisende waren entweder gerade angekommen, oder warteten darauf Boston mit dem nächsten Zug zu verlassen. Dazwischen tummelten sich Zeitungsjungen, Schuhputzer, der ein oder andere Polizist, Blumenmädchen, Händler mit Bauchläden, die emsig Erfrischungen feilboten, wartende Angehörige und eine Vielzahl mehr oder weniger fragwürdiger Gestalten, die von dem Betrieb, der auf einem großen Bahnhof herrschte, stets angezogen wurden. Ein wolkenverhangener Himmel und ein leichter Nieselregen trübten den noch relativ warmen Spätsommertag.

Professor Homer Caine stand etwas abseits von einem der belebten Bahnsteige, als ein Zug aus südlicher Richtung langsam in den Bahnhof einfuhr, um dort mit lautem Quitschen und heftigem Schnauben endlich zum Stillstand zu kommen. Der dichte Qualm, den die Lokomotive keuchend ausstieß, vernebelte noch minutenlang den vorderen Teil des Zuges, ehe die Maschinen endgültig angehalten wurden, und der Qualm sich langsam verflüchtigte. Die Fahrgäste begannen aus den Abteilen des gerade eingefahrenen Zuges zu strömen.

Caine suchte mit den Augen angestrengt den überfüllten Bahnsteig ab. Er erwartete jemanden, den er jedoch in dem herrschenden Gedränge unmöglich ausfindig machen konnte. Also beschloss Caine sich zunächst einmal in Geduld zu üben, und einfach nur abzuwarten.

Caine mochte weder Züge noch Bahnhöfe. Das war jedoch nicht immer so. Als kleiner Junge war Caine von Zügen sogar regelrecht fasziniert gewesen. Sehr zum Leidwesen seines Vaters, hatte er als Neunjähriger einmal den Wunsch geäußert, Lokomotivführer werden zu wollen. Caine musste schmunzeln,

als er sich an diese Begebenheit aus seiner Kindheit zurücker-
innerte. Doch diese nostalgische Reminiszenz wurde sogleich
von einer anderen Erinnerung verdrängt. Einer dunklen Erinnerung an den schwärzesten Tag seines Lebens. Als diese Bilder
aus der Vergangenheit ihn ohne Vorwarnung heimsuchten,
hatte Caine einen Augenblick lang das Gefühl ersticken zu
müssen. Sein Brustkorb fühlte sich auf einmal so an, als würde
ein zentnerschweres Gewicht darauf lasten. Das bunte Treiben
um ihn herum kam ihm plötzlich seltsam schemenhaft und
unwirklich vor. Caine lockerte seine Krawatte, und konzen-
trierte sich bewusst auf seinen Atem. Er atmete tief ein, hielt
den Atem kurz an, und atmete schließlich ganz langsam wieder
aus. Nach einigen Atemzügen ließ der Druck auf seine Brust
wieder etwas nach.

Um sich abzulenken, kaufte Caine einem jungen Mädchen,
das Süßigkeiten anbot, einige Lakritzstangen ab, und steckte
sie ein. Dann hielt er weiter nach dem Fahrgast Ausschau, den
er hier auf dem Bahnsteig abholen wollte.

Allmählich stiegen immer weniger Fahrgäste aus dem Zug,
und der Bahnsteig lichtete sich ein wenig. Caine wurde auf einen älteren Schaffner aufmerksam, der mit einem Koffer in der
Hand den Zug verließ. Zuerst stellte der Schaffner den Koffer
auf dem Bahnsteig ab, dann drehte er sich nochmals um, und
half schließlich einem kleinen Jungen aus dem Eisenbahnabteil
auszusteigen - es war Noah Jacob.

Erfreut ging Caine auf die beiden zu. Freundlich begrüßte
er kurz den Schaffner, dann wandte er sich sogleich an den
Jungen:

"Guten Tag, Noah. Herzlich willkommen in Boston!"

Noah nahm artig seine Mütze ab, und erwiderte höflich den
Gruß. Er war zwar zurückhaltend und lächelte nicht, wirkte
jedoch deutlich entspannter, als Caine ihn von ihrer letzten
Begegnung her in Erinnerung hatte.

Der Schaffner beugte sich zu Noah hinunter.

"Ist das der Gentleman, der dich hier in Empfang nehmen soll?" fragte er.

Noah nickte.

"Ja, Sir."

"Dann sieht es so aus, als ob du jetzt angekommen bist." der Schaffner reichte Noah zum Abschied die Hand. "Alles Gute, mein Junge!"

"Vielen Dank, Sir!"

Caine wandte sich an den Schaffner:

"Sie waren so nett, den Jungen während der Reise ein wenig zu beaufsichtigen?"

Freundlich zwinkerte der Schaffner Noah zu.

"Ja, Sir - und ich kann nur sagen, dass es mir ein ausgesprochenes Vergnügen gewesen ist!"

Caine wollte den Schaffner gerne für dessen Mühe bezahlen, doch dieser wehrte entschieden ab.

"Wie gesagt, Sir: es war mir ein Vergnügen." er verabschiedete sich eilig. Mit einem letzten kurzen Blick auf Noah, verschwand er wieder im Inneren des Zuges.

Nun nahm Professor Caine den kleinen Jungen genauer in Augenschein. Diesmal trug Noah statt der Schuluniform einen dunkelbraunen Tweedanzug, der ihm sehr gut stand. Er war weniger blaß, als noch vor einem Monat, und eine Anzahl lustiger Sommersprossen zeichnete sich um seine Nasenspitze herum ab. Er schien Zeit im Freien verbracht zu haben.

"Hattest du eine gute Reise, Noah?"

"Ja, Sir, die hatte ich!" Noahs Augen strahlten, doch seine Gesichtszüge waren beherrscht, und er lächelte nicht.

Da Caine diese Eigenart des Jungen bereits kennengelernt hatte, irritierte es ihn nun etwas weniger. Er zeigte auf den nicht sehr großen, braunen Lederkoffer.

"Ist das deiner?"

"Ja, Sir."

"Na, dann laß uns mal gehen, mein Junge." Caine nahm den Koffer auf, der schwerer war als er aussah, und steuerte damit langsam dem Ausgang des Bahnhofs entgegen. Dort wartete bereits eine zweispännige Droschke nebst Kutscher auf sie. Noah setzte seine Mütze wieder auf, und ging brav neben dem Professor her.

\*\*\*

Während der Kutscher den Wagen durch die zum Teil verwinkelten Bostoner Straßen lenkte, erkundigte sich Caine danach, wie Noah seine Sommerferien verbracht hatte.

Noah, der neben dem Professor saß, sah diesen flüchtig von der Seite an, dann starrte er auf seine Hände, die er auf seinem Schoß gefaltet hielt.

"Während der Ferien wird das Internat geschlossen..." begann Noah ohne großen Enthusiasmus zu berichten, "Ich bin dann bisher immer bei Dr. Bernstein untergebracht gewesen, - diesen Sommer auch."

"Aha, und wie hat es dir dort gefallen?" fragte Caine interessiert.

Noah, der noch immer auf seine Hände starrte, zuckte leicht mit den Schultern.

"Dr. Bernstein ist sehr, sehr nett. Er hat jeden Tag etwas Schönes mit mir unternommen... aber seine Frau... die mag mich nicht besonders..." Noah stiegen plötzlich Tränen in die Augen, die er verschämt mit seinem Ärmel wegzuwischen versuchte.

Caine betrachtete voll Mitgefühl das Kind, welches inzwischen wie ein Häufchen Elend dasaß, und tapfer mit den Tränen kämpfte.

"Und warum denkst du, dass dich Mrs. Bernstein nicht leiden kann?" fragte Caine.

Noah schluckte.

"Ich weiß, dass es so ist... Immer wenn ich während der Ferien bei den Bernsteins gewesen bin, dann habe ich sie streiten hören, wenn ich abends im Bett lag..., und Mrs. Bernstein hat dann ganz gemeine Sachen über mich gesagt..., und dann ist sie immer verreist, und erst wieder zurückgekommen, als die Ferien vorüber waren."

"Aha..., ich verstehe", sagte Caine teilnahmsvoll. Dann fragte er nach, ob Noah sich mit Dr. Bernstein über diese Situation unterhalten hatte.

Traurig schüttelte Noah den Kopf.

"Nein, Sir. Ich wollte nicht, dass Dr. Bernstein weiß, dass ich den Grund kenne weshalb seine Frau immer verreist, wenn ich dort zu Besuch bin... Ich glaube, dass es Dr. Bernstein sehr traurig macht, dass seine Frau kein besonders netter Mensch ist... Ich glaube, dass er sich deswegen schämt..." Noah ließ den Kopf hängen. "Es tut mir sehr leid, dass Dr. Bernstein meinetwegen Kummer hatte."

Tröstend legte Caine kurz seine Hand auf Noahs Schulter.

"Dr. Bernstein ist ein besonders freundlicher und gutherziger Mensch, Noah. Er hat sich um dich gekümmert, weil es ihm Freude bereitet hat, und weil er dich sehr gern hat... Mach dir also wegen Dr. Bernstein keine Gedanken. Er hat ein großes Herz und ist außerdem klug genug um zu wissen, dass du nicht daran Schuld bist, wenn er und seine Frau sich streiten."

Noah blickte den Professor verunsichert an.

"Sir, darf ich Ihnen vielleicht eine Frage stellen?"

Caine lächelte.

"Aber das weißt du doch, mein Junge."

Noah druckste ein wenig herum. Es schien ihm Mühe zu bereiten die Frage zu formulieren. Als er es dann schließlich tat, vermied er es den Professor dabei anzusehen.

"Ich habe da ein Buch gelesen..., darin ging es um Geisteskranke und um die Anstalten, in denen sie untergebracht werden", Noah umfasste seine Oberarme, so als ob er frieren würde, "und da habe ich mich gefragt..." er hielt inne.

Caine runzelte verwundert die Stirn.

"Was hast du dich denn gefragt, mein Junge?"

Noah sah den Professor ängstlich an.

"Sie sind doch der Chef von so einer Abteilung für Geistes-krankheiten im Ambrose Hospital ..., und da habe ich mich gefragt, ob Sie mich auch dort einsperren würden..., wenn es vielleicht einmal... ein Problem mit mir geben sollte..."

Caine war fassungslos. Er konnte kaum glauben, dass Noah derartige Ängste belasteten. Ehe er etwas erwidern konnte, musste Caine sich innerlich kurz sammeln. Dann lächelte er Noah wohlwollend an.

"Noah, wie du ja weißt, werde ich in Zukunft dein Vormund sein. - Das bedeutet: ich werde bis zu deinem 21. Lebensjahr für dein Wohlergehen verantwortlich sein... Ich werde mich darum kümmern, dass du gut untergebracht bist, dass du all das erhältst was du benötigst, um gesund und glücklich aufzu-wachsen, - und ich werde mich selbstverständlich auch mit dei-nen Problemen befassen, wenn welche auftreten sollten." Caine nahm die rechte Hand des verschüchterten Kindes in die seine. Er bemerkte, dass Noah zitterte. "Ich würde niemals etwas tun, das dir schaden könnte. - Bitte glaube mir das... Nur weil ich mich, unter anderem, mit Geisteskrankheiten befasse, heißt das noch lange nicht, dass ich willkürlich irgend jemanden so einfach in einer Anstalt einsperren lassen würde. Du solltest diesen Gedanken, den du da hast, so schnell wie möglich wie-der vergessen..." Da Noah sich unbehaglich zu fühlen schien, ließ Caine die Hand des Jungen rasch wieder los. "Ich bin Arzt, Noah. - Ich versuche meinen Patienten nach bestem Wissen und Gewissen zu helfen... Mit den meisten Patienten rede ich einfach nur - so wie ich es jetzt gerade mit dir tue."

Mit großen Augen und leicht gekräuselter Stirn, sah Noah den Professor zweifelnd an.

"Und wenn Sie doch feststellen sollten, dass ich vielleicht... geisteskrank sein könnte?"

Caine lächelte gutmütig.

"Ach, mein Kleiner, du brauchst dir wirklich keine Sorgen zu machen. Ich denke nicht, dass du geisteskrank bist, und ich bin recht zuversichtlich, dass du es auch in der nächsten Zeit nicht werden wirst."

Noah sah Caine lange mit undurchsichtigem Blick an, dann nickte er stumm und wandte sich ab, um aus dem Wagenfenster zu sehen.

Nach einer Weile schnitt Caine ein anderes Thema an:

"Noah, du hattest bisher noch gar keine Gelegenheit, dich dazu zu äussern, dass du von jetzt an bei Mrs. Thornton wohnen wirst. - Gibt es vielleicht irgendwelche Sorgen, die du dir deswegen machst, und über die wir noch sprechen sollten?"

Noahs Gesichtsausdruck verriet, dass auch dies kein einfaches Thema für ihn zu sein schien. Seine Antwort kam zögerlich:

"Ich habe das Leben im Internat eigentlich sehr gemocht, Sir... Ich war dort, außer in den Ferien, für niemanden eine Last, denke ich... Es ist kein gutes Gefühl, wenn man weiß, dass man für jemand anderes nur eine Last ist. Daher würde ich viel lieber so wie alle anderen Studenten auf dem College leben, und keine Ausnahme sein."

Caine nickte bedächtig.

"Ich kann dich sehr gut verstehen, mein Junge. Aber ich bin mir dennoch absolut sicher, dass du dich bei Mrs. Thornton sehr wohl fühlen wirst - und du wirst ganz bestimmt nicht als eine Last von ihr empfunden werden. Mrs. Thornton freut sich sehr darüber, dass du zu ihr kommst. - Sie ist deswegen sogar schon ganz aufgeregt... Du wirst es wirklich gut bei ihr haben - das verspreche ich dir - und sollte es wider Erwarten doch ein

Problem geben, dann möchte ich, dass du dich mit mir darüber unterhälst. Können wir uns darauf einigen?"

Noah sah den Professor mutlos an.

"Ich denke schon, Sir."

Obwohl die Antwort des Jungen nicht wirklich überzeugend klang, wollte sich Caine dennoch für den Moment damit zufrieden geben.

Als sie sich allmählich dem Charles River näherten, der die Stadt Boston von der Nachbarstadt Cambridge trennte, fiel Caine etwas ein, was er Noah noch mitteilen wollte.

"Noah, ich habe für dich einen Termin bei meinem Kollegen Dr. Marvin vereinbart. - Er ist ein sehr netter Mann, und ein Spezialist für die Behandlung von Kindern. Ich möchte, dass er dich untersucht."

Noah, der eben noch sehr interessiert die Gegend betrachtet hatte, drehte sich aufgeschreckt zum Professor um, und starrte diesen völlig entgeistert an. Noah schluckte, und brachte schließlich mühsam hervor:

"Aber, Sir... Ich bin doch gar nicht krank... Weshalb soll ich denn zu einem Arzt gehen?" Der Junge erweckte den Eindruck, als ob er gleich in Tränen ausbrechen würde, tat es jedoch nicht. Stattdessen verschränkte er die Arme vor der Brust, und starrte wie benommen vor sich hin.

Caine schüttelte nachsichtig den Kopf. Er wusste ja, dass Noah alles andere als ein unbelastetes Kind war. Nun war also Geduld gefragt.

"Noah, mein Junge. Du brauchst wirklich keine Angst vor dieser Untersuchung zu haben. Es wird überhaupt nicht weh tun, und auch nicht lange dauern. Dr. Marvin wird dich nur wiegen und deine Größe bestimmen, dein Herz und deine Lunge abhören, einen Sehtest mit dir durchführen... das ist auch schon mehr oder weniger alles. Das Ganze wird höchstens 20 Minuten dauern. Es besteht also wirklich kein Grund sich zu fürchten."

Noah schien gar nicht gehört zu haben, was der Professor eben gesagt hatte. Er starrte noch immer vor sich hin, die Arme fest vor der Brust verschränkt und den Oberkörper leicht nach vorne gebeugt, so als ob er Bauchschmerzen hätte. Die Farbe war inzwischen fast vollständig aus seinem Gesicht gewichen.

"Ist dir übel, mein Junge?" fragte Caine besorgt.

Noah schluckte und nickte kaum merklich.

Caine gab dem Kutscher ein Zeichen, woraufhin dieser den Wagen zum Stillstand brachte. Der Professor stieg eilig aus der Kutsche, ging außen um sie herum, öffnete die Wagentür auf Noahs Seite und hob das Kind rasch aus dem Wagen. Kaum hatte er Noah auf die Füße gestellt, da fing der Junge auch schon an zu würgen. Er hielt sich gekrümmt den Bauch und erbrach ein wenig Flüssigkeit, und etwas das Caine als die Überreste eines Apfels identifizierte. Er streichelte sanft Noahs Rücken, während der Junge unter heftigem Würgen noch grünlich-gelbe Galle zum Vorschein brachte.

Der Kutscher, der die ganze Szene ungerührt vom Kutschbock aus beobachtet hatte, holte eine Feldflasche unter seinem Sitz hervor, und stieg damit vom Wagen.

"Wie gut, Sir, dass Sie den Bengel noch aus der Kutsche bekommen haben, bevor die ganze Schweinerei passiert ist", brummte er mürrisch und reichte Caine die Feldflasche. "Hier, damit Sie ihn ein bisschen saubermachen können, bevor Sie wieder einsteigen."

Caine nahm schweigend die Feldflasche entgegen. Der unfreundliche Ton des Kutschers missfiel ihm, doch der Professor versuchte darüber hinwegzuhören. Es war grundsätzlich nicht seine Art, sich mit übellaunigen Menschen herumzustreiten. Darüber hinaus, galt seine ganze Aufmerksamkeit im Augenblick dem Jungen. Caine holte sein Taschentuch hervor, goss etwas Wasser aus der Feldflasche darüber, und kühlte damit Noahs Stirn und Nacken.

"Na, geht es jetzt wieder etwas besser?" fragte Caine fürsorglich.

Noah zitterte am ganzen Körper.

"Es... es... tut mir sehr leid..., Sir." stammelte der Junge gequält.

"Ist schon gut, Noah. So etwas kann schon mal passieren, das ist nicht weiter schlimm... Mach dir darüber keine Gedanken..."

Plötzlich griff Noah nach Caines rechter Hand.

"Bitte, bitte Sir..., bitte zwingen Sie mich nicht zu dieser Untersuchung zu gehen... bitte!" bettelte der Junge herzergreifend, während er die Hand des Professors wie ein Ertrinkender mit beiden Händen fest umklammert hielt. "Ich will auch sonst alles tun, was Sie von mir verlangen, Sir, aber bitte, bitte zwingen Sie mich nicht. Ich will nicht dorthin gehen!"

Caine war über die Heftigkeit von Noahs Reaktion sehr erstaunt. Es fiel ihm schwer nachzuvollziehen, wovor Noah sich derart fürchten mochte. Obwohl Caine die ärztliche Untersuchung für notwendig hielt, da er sich ein Bild vom allgemeinen Gesundheitszustand und vom körperlichen Entwicklungsstand des Jungen machen wollte, lenkte er nun ein.

"Beruhige dich, mein Junge... Es ist ja schon gut... Wenn du solche Angst hast, dann werden wir den Termin bei Dr. Marvin erst einmal verschieben. - Das ist im Moment auch nicht so wichtig. Es ist jetzt viel wichtiger, dass du dich ausruhst und in deinem neuen Zuhause einlebst... Mach dir jetzt also bitte keine Sorgen..."

Noah ließ die Hand des Professors wieder los, und starrte beschämt auf seine Schuhe.

Caine, dem weder Ort noch Zeitpunkt besonders geeignet erschienen, um das unerwartet aufgetretene Problem zu lösen, hob den Jungen kurzerhand hoch, und setzte ihn wieder behutsam in den Wagen. Dann brachte er dem Kutscher wortlos die Feldflasche zurück.

Als Caine wieder in der Kutsche saß, betrachtete er bekümmert das blasse, zitternde und sichtlich verstörte Kind, das vor weniger als einer Stunde zufrieden, und mit strahlenden Augen, aus dem Zug gestiegen war. Was war nur inzwischen mit ihm passiert?

\*\*\*

Mrs. Eleonora Thornton bewohnte ein zweistöckiges mit Efeu beranktes Backsteinhaus, das im selben Stil erbaut worden war, wie die meisten anderen Gebäude auf dem Gelände des Ambrose College. Ihr Haus, umgeben von einem malerischen Rosengarten, stand inmitten eines gepflegten Wohngebietes, das unmittelbar an den Ambrose Yard angrenzte. Diese Siedlung bestand aus etwa 30 sehr ähnlichen Häusern mit kleinen hübschen Gärten, die überwiegend von Ambrose Professoren und deren Familien bewohnt wurden. Das nächstgelegene College Gebäude lag keine 300 Meter von der Siedlung entfernt, die von den Studenten scherzhaft als "Das Hauptquartier" bezeichnet wurde.

Mrs. Thornton war die Witwe des Philosophie Professors Frederick Thornton, der vor vier Jahren verstorben war. Sie war eine reizende ältere Dame von Anfang sechzig, die ihre Zeit mit Wohltätigkeitsarbeit und der liebevollen Pflege ihres Rosengartens auszufüllen versuchte. Ihr Sohn und ihre Tochter waren längst erwachsen, und lebten mit ihren eigenen Familien in anderen Städten, so dass die gesellige Mrs. Thornton sich oft einsam fühlte.

Professor Caine, der ein Freund der Familie Thornton war, trank mit der Witwe gelegentlich eine Tasse Tee. Schon oft hatte er sie dabei sagen hören, wie sehr sie sich wünschte, wieder eine sinnvolle Aufgabe zu haben. Caine hatte sich unvermittelt an diese Gespräche erinnert, als er dank Dr. Bernstein auf die Idee gekommen war, Noah Jacob in die Obhut einer Frau zu geben.

Die Witwe Thornton war eine überaus zuverlässige und warmherzige Person, die dem Jungen jene Aufsicht und Fürsorge zukommen lassen konnte, die Noah aufgrund seines Alters so dringend benötigte. Es waren für Caine keinerlei Überredungskünste vonnöten gewesen, um Mrs. Thornton für seine Idee zu gewinnen. Sie hatte sich sofort freudig und bereitwillig damit einverstanden erklärt, Noah bei sich aufzunehmen und ihm ein Zuhause zu bieten, solange er es benötigen sollte.

Um der Witwe nicht die ganze Verantwortung für das Kind aufzubürden, hatte Caine die offizielle Vormundschaft für Noah Jacob beantragt. Er wollte Noahs Studienalltag im Blick behalten, und sich regelmäßig einmal pro Woche mit dem Jungen treffen, um sich persönlich ein Bild von dessen Befinden machen zu können. Außerdem beabsichtige Caine, auch den einen oder anderen psychologischen Test mit Noah durchzuführen.

Caine hatte es keine große Überwindung gekostet, Noah gegenüber, die Verpflichtung einer Vormundschaft einzugehen. Als Arzt war es schließlich ohnehin gewohnt, Verantwortung für andere zu übernehmen. Allerdings war sich Caine noch kaum darüber im klaren wie, abgesehen von den rein pragmatischen Gesichtspunkten einer Vormundschaft, seine sonstige Beziehung zu dem Kind aussehen sollte. Caines Gefühlslage war diesbezüglich noch sehr vage. Einerseits hatte er Noah gleich bei ihrer ersten Begegnung spontan ins Herz geschlossen, andererseits sperrte sich irgend etwas in Caine dagegen, diese Sympathie als etwas anderes wahrnehmen zu wollen, als jene eher oberflächliche Regung, die der Anblick von kleinen Kindern, Hundewelpen oder anderen freundlichen Lebewesen mit großen Augen und reizenden kleinen Gesichtern auszulösen vermochte.

Noah gähnte, als der Wagen vor Mrs. Thorntons Haus zum Stillstand kam. Er wirkte erschöpft.

"Wir sind da, Noah. - Gleich wirst du dich ausruhen können." sagte Caine und öffnete die Wagentür. Er stieg aus, nahm Noahs Koffer entgegen, der ihm vom Kutscher vom Wagendach heruntergereicht wurde, und bezahlte für die Fahrt. Dann öffnete er die Wagentür auf Noahs Seite. Der Junge blickte ihn unglücklich an.

"Na komm, mein Junge! Ich helfe dir..." Caine hob Noah aus dem Wagen, und gab dem Kutscher das Zeichen zur Weiterfahrt.

Als Caine den Koffer aufnahm, musste er unwillkürlich lachen.

"Der Koffer ist ja schwerer als du selbst, mein Junge. Was hast du denn alles da drin?"

Noah zuckte verlegen mit den Schultern.

"Da sind zwei dicke Bücher drin, meine Violine, einige Sachen zum Anziehen und ein paar besonders schöne Steine, die ich in den Ferien gesammelt habe."

Lachend schüttelte Caine den Kopf.

"Steine ... Natürlich!"

Ihre Ankunft war inzwischen nicht unbemerkt geblieben. Sichtlich aufgeregt durchquerte Mrs. Thornton, so rasch wie ihr Alter, ihre langen Röcke und ihre gute Erziehung es zuließen, eiligen Schrittes ihren Vorgarten, und kam dann freudig lächelnd auf den Professor und das Kind zu.

"Guten Abend, meine Herren, wie schön Sie beide zu sehen!" sagte sie ein wenig außer Atem.

Professor Caine erwiderte den herzlichen Gruß.

Mrs. Thornton strahlte über ihr ganzes, etwas rundliches Gesicht, während der freundliche Blick ihrer gütigen blauen Augen auf dem Jungen ruhte.

"Also, du musst bestimmt Noah sein... Professor Caine hat mir schon so viel von dir erzählt!... Ich bin Mrs. Thornton, und ich habe das Gefühl, dass wir zwei schon bald sehr gute Freunde sein werden!"

Noah beäugte die schlicht aber elegant gekleidete, weisshaarige Dame mit einer Mischung aus Furcht und Neugierde.

Mrs. Thornton wirkte wie jene Art von liebenswürdigen Großmüttern, die gerne Kekse backten, für ihre Enkelkinder Socken strickten, und ihnen gute Nacht Geschichten vorlasen.

Verschüchtert streckte Noah Mrs. Thornton seine rechte Hand entgegen.

"Guten Abend, Madam. Ich freue mich sehr, Ihre Bekanntschaft zu machen." sagte er steif, so als ob er es einstudiert hätte.

Gerührt schüttelte Mrs. Thornton die Kinderhand und lachte beseelt.

"Oh, du bist ja ein richtiger kleiner Gentleman! - Hattest du denn eine gute Reise?"

Noah wirkte überfordert. Er schien so viel Herzlichkeit nicht gewohnt zu sein.

"Ja, danke Madam, die hatte ich", sagte er leise.

Mrs. Thornton betrachtete voll Mitgefühl das blasse und verloren wirkende Kind, das ängstlich zu ihr aufsah.

"Oh, du siehst müde aus, mein Junge. - Ich würde vorschlagen, dass wir jetzt erst einmal ins Haus gehen ..." dann wandte sie sich an den Professor: "Professor Caine, Sie werden uns doch noch ein wenig mit ihrer Gesellschaft erfreuen, nicht wahr?"

Caine lächelte verschmitzt. Er hielt es für besser, Mrs. Thornton nun mit dem Kind alleine zu lassen, damit die beiden sich möglichst rasch aneinander gewöhnen konnten.

"Also, ich werde ganz bestimmt noch diesen Koffer ins Haus tragen, aber dann werde ich mich wohl leider zurückziehen müssen. - Es wartet noch sehr viel Arbeit auf mich", entschuldigte sich Caine.

Die Witwe führte Noah ins Haus, und zeigte dem Professor wo dieser den Koffer abstellen konnte.

Caine verabschiedete sich von dem Jungen.

"Noah, ich werde dich morgen Nachmittag gegen drei Uhr hier abholen. Dann werde ich dich mit den Örtlichkeiten in Ambrose vertraut machen, damit du dich dann nächste Woche gut zurechtfinden wirst. Außerdem möchte ich noch deine Kurswahl mit dir durchsprechen."

Noah nickte ernst.

"Ja, vielen Dank, Sir", sagte er zögernd.

Noah sah den Professor mit seinen großen Augen hilflos an, wobei er etwas von einem verlassenen Rehkitz an sich hatte. Unwillkürlich fühlte sich Caine an seine verstorbene kleine Tochter erinnert. Sie hatte ihn, bereits vom Zeitpunkt ihrer Geburt an, mit ihren Blicken bezaubern können. Nun musste Caine feststellen, dass Noah die gleiche Wirkung auf ihn ausübte.

Caine kam nun nicht mehr umhin sich einzugestehen, dass Noah bei ihm väterliche Gefühle wachrief. Obwohl dem Professor diese Empfindung durchaus nicht fremd oder gar unangenehm war, so wusste er dennoch nicht so recht, was er nun damit anfangen sollte. Aus dieser Unsicherheit heraus unterdrückte Caine den Impuls, dem Jungen zum Abschied durchs Haar zu streichen. Stattdessen reichte er ihm seine Hand.

"Bis morgen, mein Junge. - Ich bin mir sicher, dass du dich schon sehr bald eingewöhnt haben wirst."

Noah wirkte todtraurig.

"Auf Wiedersehen, Sir", sagte er mutlos.

Caine erinnerte sich plötzlich wieder an die Lakritzstangen, die er zuvor auf dem Bahnhof gekauft hatte. Er griff in seine Manteltasche, und reichte Noah die Tüte mit den Süßigkeiten.

"Hier habe ich noch eine Medizin, für deinen nervösen Magen", sagte er lächelnd. Als er sah, dass Noah inzwischen mit den Tränen kämpfte, fügte er noch rasch hinzu: "Alles wird gut werden, Noah, du wirst schon sehen. - Aller Anfang ist schwer. Das geht jedem von uns so."

Caine spürte, dass jetzt der Zeitpunkt für ihn gekommen war, zu gehen. Er verabschiedete sich noch rasch von Mrs. Thornton, ehe er mit wenigen Schritten den kleinen Vorgarten durchquerte, das niedrige Gartentor öffnete, hindurch ging und wieder hinter sich schloss. Seine Gedanken waren bei dem Jungen, als er sich auf den Heimweg begab.

\*\*\*

Als Professor Caine, am sonnigen Nachmittag des folgenden Tages, der Witwe Thornton den angekündigten Besuch abstattete, wurde er von ihr sogleich ins gemütliche Esszimmer geführt. Frische Blumen standen auf dem großen ovalen Tisch, auf dem eine weiße Spitzentischdecke ausgebreitet lag. Caine hatte ein größeres, etwas unförmiges Paket bei sich, welches er nun auf dem Tisch ablegte. Mrs. Thornton bat den Professor Platz zu nehmen, und setzte sich dann zu ihm an den Tisch.

"Das ist ja so ein lieber Junge", schwärmte Mrs. Thornton sogleich. "Ein richtiger kleiner Engel! - Ich bin ja so froh, dass sie ihn mir anvertraut haben, Professor Caine."

Caine schmunzelte.

"Sie haben ein großes Herz, Mrs. Thornton. In Ihren Augen ist doch jedes Kind ein kleiner Engel."

Mrs.Thornton widersprach eifrig:

"Also, da irren Sie sich aber, lieber Professor. - Mein Enkelsohn Frederick, zum Beispiel, der ist durchaus kein kleiner Engel. Und obwohl er mein eigen Fleisch und Blut ist, und ich ihn aufrichtig liebe, muß ich doch gestehen, dass seine Gesellschaft nicht unbedingt ein Geschenk für mich ist. Der Knabe ist ein richtiger Wirbelsturm. - In meinem Alter verkraftet man das nicht mehr so gut."

Lachend meinte Caine:

"Also gut, Mrs.Thornton. In diesem Fall nehme ich meine Behauptung selbstverständlich wieder zurück. - Also, wo steckt denn nun unser kleiner Engel?"

Mrs. Thornton lächelte beseelt. Sie erhob sich und ging zum Fenster, wo sie vorsichtig die Gardine ein wenig beiseite schob, dann forderte sie Caine freundlich auf:

"Sehen Sie nur selbst, Professor!"

Der Professor gesellte sich zu Mrs. Thornton ans Fenster. Von dort aus sah er in den hinteren Teil des Gartens hinaus, wo Noah, in ein Buch vertieft, auf der Terrasse in einem Schaukelstuhl saß. Auf seinem Schoß räkelte sich Mrs.Thorntons weisse Perserkatze. Es war ein sehr idyllisches Bild.

"Er hat meine Zoe betört", meinte Mrs. Thornton mit verklärtem Lächeln. "Sie ist eine sehr eigenwillige Katzendame. Normalerweise kommt sie nicht einmal in die Nähe von Fremden." fügte sie noch, nicht ohne einen gewissen Stolz, hinzu.

"Er ist eben wirklich ein ganz besonderer Junge", sinnierte Caine.

Mrs. Thornton stimmte ihm zu. Dann deutete sie schmunzelnd auf das Paket, welches der Professor mitgebracht hatte.

"Oh, lassen Sie mich raten: Sie haben dem Kleinen ein Geschenk gekauft, nicht wahr, Professor?"

Caine lächelte verlegen.

"Nun ja, der Junge hat gestern einen so unglücklichen Eindruck gemacht, da habe ich mir gedacht, dass ihm ein wenig Aufmunterung vielleicht gut tun würde..."

Die Witwe war gerührt.

"Ach, Sie sind ein so großartiger Mensch, Professor Caine. Es ist einfach wunderbar was Sie alles für den Jungen tun!"

"Aber Mrs. Thornton, nun übertreiben Sie mal nicht!" lenkte Caine sofort ein. "Das ist nur ein großer Stoffbär, den ich Noah da mitgebracht habe... Wenn hier jemand etwas Großartiges für den Jungen tut, dann sind Sie das Mrs. Thornton. Sie geben ihm ein gutes Zuhause. - Ich bin nur so etwas wie ein aufmerksamer Beobachter, und ein gelegentlicher Gast. Das ist auch schon alles."

Mrs. Thornton machte eine abwehrende Geste.

"Ach, Sie sind viel zu bescheiden, Professor."

Von so viel überschwänglichem Lob peinlich berührt, wechselte Caine rasch das Thema:

"Wie ist es dem Jungen denn gestern Abend noch ergangen?" fragte er interessiert.

Die Witwe und der Professor nahmen wieder am Esstisch Platz. Mrs. Thornton strich gedankenverloren das Tischtuch glatt.

"Er war gestern Abend so still und bedrückt, und hat kaum etwa gegessen.... Doch dann hat er sich mit Zoe angefreundet, und daraufhin ging es gleich ein wenig besser." nachdenklich fügte sie hinzu: "Noah ist einerseits ein erstaunlich selbständiges Kind, und andererseits ist er doch noch so klein und zart. - Sind Sie eigentlich ganz sicher, dass der Junge tatsächlich schon neun Jahre alt ist? Irgendwie macht er auf mich einen sehr viel jüngeren Eindruck."

Caine legte besorgt die Stirn in Falten.

"Die letzten zwei Jahre sind leider, mehr oder weniger, das Einzige, was uns von der Vergangenheit des Jungen bekannt ist... Natürlich habe auch ich den Eindruck, dass Noahs körperlicher Entwicklungsstand nicht ganz seinem angeblichen Alter entspricht. Das ist einer der Gründe, weshalb ich ihn noch von Dr. Marvin untersuchen lassen möchte. Dr. Marvin ist eine Kapazität auf dem Gebiet der Kinderheilkunde. - Er kennt sich sehr viel besser mit Kindern aus, als ich es tue.

Nach seiner Untersuchung werden wir sicherlich etwas mehr wissen."

Seufzend meinte Mrs. Thornton:

"Wie dem auch sei: er ist ein so liebes Kind... Ich hoffe sehr, dass er in seinem bisherigen Leben nicht allzu viel Schlimmes erleben musste. - Kein Kind hat so etwas verdient..." Mrs. Thornton musste schlucken. Der Gedanke an ein gequältes Kind, schien ihr unerträglich zu sein. Sie erhob sich, atmete tief durch und überspielte ihre Betroffenheit mit einem Lächeln und den Worten: "Ach, da plappere ich, und plappere, dabei sind Sie doch gekommen, um den Jungen zu besuchen..." sie ging rasch zur Tür. Als sie die Tür gerade öffnen wollte, drehte sich Mrs. Thornton nochmals zu ihrem Gast um und fragte: "Ach, möchten sie vielleicht eine Tasse Tee haben, Professor Caine? Ich hätte da auch noch einen Apfelkuchen im Ofen, der bald fertig sein müsste..."

Caine erwiderte nichts. Stattdessen erhob er sich ebenfalls, und ging er auf Mrs. Thornton zu. Er ergriff deren Hand, die noch auf dem Türknauf ruhte.

"Mrs. Thornton, Sie sind eine überaus tapfere Frau. Aber unter Freunden, sollte man seine Gefühle ruhig zeigen dürfen. - Man müsste schon ein Herz aus Stein haben, wenn einen das Schicksal eines verlassenen Kindes nicht rühren würde."

Mrs. Thornton kamen die Tränen.

"Ach Professor Caine, es bricht mir einfach das Herz, ein so trauriges und verängstigtes Kind, wie Noah zu sehen. - Die Kindheit sollte eine unbeschwerte und fröhliche Zeit sein... aber für viel zu viele Kinder ist sie das leider überhaupt nicht..."

Caine seufzte schwer.

"Ja, Mrs. Thornton, das ist bedauerlicherweise so. - Aber ich bin mir ganz sicher, dass Noah, dank Ihrer Hilfe, nun doch noch unbeschwertere Zeiten erleben wird. Ihre Fürsorge wird dem Jungen sehr gut tun."

Mrs. Thornton drückte dankbar Caines Hand, und wischte sich mit einem Spitzentaschentuch verstohlen die Tränen aus dem Gesicht.

"Also, was halten Sie nun von einer schönen Tasse Tee, Professor?"

Caine lächelte amüsiert.

"Wie könnte ich dazu wohl nein sagen, Mrs. Thornton?"

Mrs. Thornton lächelte nun ebenfalls, und verließ stumm den Raum.

Es dauerte nicht lange, ehe Noah von Mrs. Thornton ins Eßzimmer eingelassen wurde. Sie schloss die Tür hinter sich, und ließ den Professor mit dem Jungen allein. Noah hielt einige Papiere in der Hand.

Caine begrüßte Noah freundlich. Genau wie am Vorabend, wirkte dieser noch immer sehr eingeschüchtert.

"Wie ich sehe, hast du deine Formulare für die Kurswahl schon mitgebracht", bemerkte Caine. "Hast du deine endgültige Wahl für die Kurse, die du belegen willst, schon getroffen?" Caine setzte sich an den Tisch.

Noah nickte ernsthaft.

"Ja, Sir, das habe ich getan."

"Na, dann setz dich zu mir, und lass mal sehen", forderte Caine den Jungen auf, der in der Zwischenzeit unschlüssig stehengeblieben war.

Nachdem Noah sich hingesetzt hatte, ging der Professor aufmerksam dessen Kursaufstellung durch, und seufzte schließlich betrübt. Der Junge hatte, neben seinen naturwissenschaftlichen Hauptfächern, viel zu viele Nebenfächer gewählt - ein Pensum das selbst einem Genie leicht über den Kopf wachsen dürfte. Darüber hinaus, wollte sich Noah auch noch um die Mitgliedschaft im Studentenorchester bewerben.

Caine blickte Noah ernst an.

"Du wirst keine Zeit mehr zum Schlafen finden, wenn du all

diese Kurse belegst, mein Junge. Das sind viel zu viele! - Also, wirst du jetzt folgendes tun: du streichst sämtliche Nebenfächer bis auf zwei." Caine schob die Formulare in Noahs Richtung, und legte seinen Füllfederhalter dazu. "Im Orchester darfst du selbstverständlich mitspielen, wenn du das gerne möchtest", beeilte sich Caine hinzuzufügen, als er Noahs enttäuschten Gesichtsausdruck bemerkte.

"Ja, ist gut, Sir", sagte Noah bedrückt. Er nahm folgsam den Füllfederhalter in die Hand, wobei er es vermied Caine anzusehen. Nach kurzer Überlegung, begann er seine Kursaufstellung neu zu bearbeiten. Anschließend, schob er die Formulare und den Füllfederhalter dem Professor wieder zu, den Blick starr auf die Tischplatte gerichtet.

"So ist es wesentlich besser, Noah", lobte Caine. "Ich kann dir versichern, dass du auch jetzt noch mehr als genug zu tun haben wirst. Außerdem ist es sehr wichtig, dass du dich auch noch mit anderen Dingen, als nur mit dem Lernen beschäftigst."

Nun blickte Noah den Professor verunsichert an, sagte jedoch nichts.

Caine lächelte väterlich.

"Na, mein Kleiner, dir hat es wohl seit gestern ein wenig die Sprache verschlagen... Was macht dir denn solchen Kummer? Willst du mir das vielleicht erzählen?"

Noah schluckte.

"Ich habe doch gar keinen Kummer, Sir", meinte Noah wenig überzeugend.

Caine besann sich einen Augenblick, dann fragte er:

"Ist es vielleicht immer noch dieser Termin bei Dr. Marvin, der dir auf den Magen schlägt?"

Noah verschränkte die Arme vor der Brust, und starrte auf die Tischplatte vor sich. Schließlich nickte er zögerlich.

"Sie werden mich zwingen dorthin zu gehen, nicht wahr, Sir?" fragte Noah ängstlich nach.

Caine schüttelte den Kopf.

"Ich werde dich ganz bestimmt nicht zu etwas zwingen, wovor du solche Angst hast, mein Junge. Aber ich würde sehr gerne verstehen, wovor du dich derart fürchtest."

"Ich kann Ihnen das aber nicht erzählen, Sir", gestand Noah kleinlaut.

Bekümmert betrachtete Caine den fragilen kleinen Jungen.

"Es ist schon gut, Noah. Wir müssen nicht sämtliche Probleme an einem einzigen Tag lösen... Der Termin bei Dr. Marvin kann warten. - Jetzt werden wir uns erst einmal auf den Weg machen, damit ich dir zeigen kann, was Ambrose alles zu bieten hat. Einverstanden?"

Noah nickte kaum merklich. Er wirkte nach wie vor bedrückt.

"Ja, danke Sir."

"Ach, und Noah..." Caine deutete auf das Geschenk, das er Noah mitgebracht hatte. "Das ist für dich. - Am besten machst du es auf, bevor du heute abend zu Bett gehst."

Ungläubig beäugte Noah zuerst das Paket, und dann den Professor.

"Für mich?" fragte er staunend.

Lächelnd meinte Caine:

"Aber natürlich für dich! Ich denke, dass ein kleiner Junge, der so großen Kummer hat wie du, ein wenig Aufmunterung gut vertragen kann."

"Aber, aber ... ich... ich habe das doch gar nicht verdient, Sir", stammelte Noah verwirrt.

"Natürlich hast du das! Und jetzt geh und hol deine Mütze, damit wir uns auf den Weg machen können."

Noah nickte. Er zögerte kurz, dann ging er sehr schüchtern auf Caine zu, griff zaghaft nach dessen rechter Hand und sah zu dem Professor auf.

"Sie sind wirklich sehr gut zu mir, Sir... Sie tun so viel für mich, obwohl..." Noah stockte. Er brachte den Satz nicht zu Ende. Stattdessen sagte er leise: "Vielen Dank für alles!"

Caine war gerührt. Er fuhr Noah liebevoll durchs Haar.

"Ist schon gut, mein Kleiner. Ich tue das wirklich sehr gern."

# Kapitel 4

Samstag Abend, begrüßte Professor Caine den Jungen an der Tür seines Büros in der medizinischen Fakultät, und bat ihn freundlich einzutreten.

Inzwischen hatte Noah seine erste Woche auf dem College hinter sich. Er trug seine nagelneue, eigens für ihn in Kindergröße angefertigte, Ambrose Uniform.

Die Studenten in Ambrose trugen schwarze Hosen und Westen, weiße Hemden, auffällige rot-grau gestreifte Krawatten und karmesinrote Jacketts.

Caine führte Noah zu einem der Ledersessel, die in seinem Büro standen.

"Setz dich bitte, mein Junge!" forderte er ihn auf.

Noah tat wie ihm geheissen wurde, und Caine setzte sich auf den Sessel gegenüber.

"Hast du schon zu Abend gegessen?" erkundigte sich Caine fürsorglich.

Noah nickte.

"Ja, Sir, das habe ich."

Caine lächelte.

"Das ist gut. Dann haben wir ja noch ein wenig Zeit, um uns zu unterhalten, ehe du zu Bett gehen musst."

Caine betrachtete den Jungen aufmerksam. Noah wirkte entspannt und beinahe fröhlich. Abgesehen von der Tatsache, dass er nicht lächelte.

"Na, wie gefällt es dir denn nun auf dem College? Jetzt wo du allmählich einen richtigen Eindruck davon gewinnen konntest. Ist es so, wie du es dir vorgestellt hattest?"

Noahs Augen leuchteten.

"Ja, Sir. Es gefällt mir sehr gut! Eigentlich geht es hier ganz ähnlich zu, wie auf meiner alten Schule. Es ist nur viel, viel interessanter."

Caine mußte über Noahs kindliche Unbefangenheit schmunzeln. Offenbar schien es Noah gar nicht aufgefallen zu sein, was für eine Attraktion er in Ambrose darstellte. Noah hatte gerade mal eine Woche gebraucht, um die meisten seiner neuen Professoren und Kommilitonen nachhaltig zu beeindrucken.

"Und, wie ist es dir bei Mrs.Thornton ergangen?" fragte Caine weiter.

Noahs Augen strahlten noch immer.

"Es ist mir sehr gut ergangen, Sir. - Mrs. Thornton ist die allernetteste Person, die ich kenne! Sie hat ein Klavier auf dem ich spielen darf, und eine Katze, die Zoe heißt, und ich habe ein schönes, großes Zimmer ganz für mich alleine. Das hatte ich noch nie..."

Väterlich lächelnd meinte Caine:

"Das freut mich, mein Junge. - Ich hatte dir ja gesagt, dass es dir bei Mrs. Thornton gut gefallen würde."

Nach einer kurzen Pause, beschloss Caine ein schwierigeres Thema anzugehen. Da Noah so große Angst vor einer körperlichen Untersuchung durch Dr. Marvin gezeigt hatte, war Caine inzwischen wieder von diesem Vorhaben abgerückt. Stattdessen hatte er beschlossen, die seiner Meinung nach erforderlichen Untersuchungen bei Noah, nach und nach selbst durchzuführen. Um sich zunächst ein genaueres Bild vom tatsächlichen Alter des Jungen machen zu können, wollte Caine mit der Untersuchung von Noahs Zähnen beginnen. Wenn Noah tatsächlich jünger als neun Jahre sein sollte, so würden seine Zähne diesen Umstand offenbaren.

Caine lehnte sich in seinem Sessel etwas nach vorne, und sah Noah eindringlich an.

"Noah, ich würde sehr gerne einen kurzen Blick auf deine Zähne werfen. Bei jemandem deines Alters, ist so ein Gebiss eine einzige große Baustelle. Ich möchte mich gerne vergewissern, dass in dieser Hinsicht bei dir alles in Ordnung ist."

Noah starrte den Professor entgeistert an. Seine rechte Hand fuhr blitzschnell zu seinem Mund.

"Mit... meinem Zähnen... ist aber alles in Ordnung..., Sir", stammelte er hinter vorgehaltener Hand, während er seinen Blick auf den Fußboden vor sich richtete.

Stirnrunzelnd meinte Caine:

"Ich denke, es würde aber trotzdem nicht schaden, wenn ich einmal einen Blick auf deine Zähne werfe."

Noah schluckte. Sein Blick wanderte zur Tür.

"Aber ..., Sir...", sagte Noah in flehendem Tonfall, "mit meinen Zähnen ist aber ganz bestimmt alles in Ordnung!"

"Dann ist es ja um so besser", meinte Caine beiläufig, ehe er sich erhob. Als Arzt war er den Umgang mit der Angst seiner Patienten gewohnt. Seine berufliche Erfahrung hatte ihn gelehrt, dass eine freundlich zugewandte jedoch gleichzeitig möglichst nüchterne Haltung, die beste Methode war, um der Angst eines Patienten zu begegnen. Eben diese Haltung, legte er nun auch Noah gegenüber an den Tag.

Noah wirkte inzwischen wie ein verängstigtes Kaninchen im Angesicht einer Schlange. Er verfolgte, wie hypnotisiert, jede Bewegung des Professors, der dabei war zwei Stühle zum Fenster zu tragen.

"So, mein Kleiner, komm jetzt bitte hierher zu mir. Ich möchte deine Zähne untersuchen. - Hier am Fenster ist es nämlich heller."

Da Noah, der inzwischen sehr blaß geworden war, sich nicht rührte, ging Caine zu ihm hin, nahm ihn geduldig bei der Hand und führte ihn zu einem der Stühle am Fenster. Noah ließ sich widerstandslos führen und hinsetzen. Seine rechte Hand hielt er sich noch immer krampfhaft vor den Mund.

Caine setzte sich Noah dicht gegenüber. Kopfschüttelnd sagte er:

"Noah, ich weiß ja inzwischen, dass du offenbar große Angst vor medizinischen Untersuchungen hast, und ich will dich auch ganz bestimmt nicht quälen. Aber ich möchte gerne sichergehen, dass mit dir gesundheitlich alles in Ordnung ist." Caine zog einen glänzenden metallenen Mundspatel aus einer seiner Jacketttaschen. "Du brauchst wirklich keine Angst zu haben, mein Junge. Ich tu dir doch nichts", versicherte Caine in beruhigendem Tonfall.

Noah nahm resignierend seine Hand aus dem Gesicht, und ließ traurig den Kopf hängen.

"Es tut mir sehr leid, Sir", flüsterte er schuldbewußt.

Caine legte seine Hand unter Noahs Kinn, und hob vorsichtig den Kopf des Kindes ein wenig an. Einerseits tat es Caine unendlich leid, Noah in solch panische Zustände zu versetzen, andererseits konnte er Noahs Ängste auch nicht einfach auf sich beruhen lassen. Er wollte deren Ursache unbedingt auf den Grund gehen. Nicht allein um seine Neugierde zu befriedigen, sondern vor allen Dingen um Noah dadurch zu helfen.

"Also, jetzt mach doch mal bitte den Mund weit auf..."

Noah hatte inzwischen die Augen fest zusammengekniffen. Es dauerte einen Moment, ehe er zögerlich der Aufforderung des Professors nachgab.

Ein kurzer Blick auf Noahs Gebiss reichte bereits aus, um Caine stutzen zu lassen. Das war ganz und gar nicht der Anblick, der sich ihm theoretisch hätte bieten müssen. Ein Neunjähriger hätte diverse Zahnlücken und bereits durchgebrochene bleibende Zähne aufweisen müssen. Doch Noah besaß noch sein vollständiges Milchgebiss! Lediglich ein mittlerer Schneidezahn im Unterkiefer war ein wenig locker. Das war keinesfalls das Gebiss eines Neunjährigen. Noahs Zähne verrieten, dass er nicht älter als sieben Jahre alt sein konnte.

Caine beendete die Untersuchung, und musterte den Jungen lange und gründlich. Angesichts seiner neu gewonnenen Erkenntnis, war es nunmehr kaum noch verwunderlich, dass Noah nicht wie ein Neunjähriger wirkte. Caine beschloss, sich vorsichtig an das Thema heranzutasten.

"Noah, ich weiß, dass du schon ein ganz beachtliches medizinisches Wissen besitzt. Also erzähle mir doch mal bitte etwas darüber, in welchem Alter bei einem Kind die ersten bleibenden Zähne durchbrechen."

Noah schluckte, und umklammerte krampfhaft mit seinen Händen die Sitzfläche des Stuhles, auf dem er saß. Er konnte den Professor nicht ansehen. Stattdessen starrte er auf seine Schuhe.

"Im Alter... von sechs bis sieben ... Jahren brechen im ... Unterkiefer die mittleren Schneidezähne durch..., und die vorderen Backenzähne brechen... etwa im selben Zeitraum durch..." stammelte Noah mit Tränen in der Stimme.

Caine nickte zustimmend.

"Ja, das ist korrekt, Noah."

Caine erhob sich bedächtig, und ging zu seinem Schreibtisch. Er kramte ein wenig in einer der Schubladen herum, bis er schließlich auf ein kleines Blechdöschen stieß, in dem sich Pfefferminzdrops befanden. Er lehrte den Inhalt des Döschens kurzerhand aus, und ging wieder zu dem Jungen zurück. Er setzte sich, und hielt Noah das Döschen auf der flachen Hand hin.

"Hier, mein Junge, nimm das bitte. - Du wirst bald deinen ersten Milchzahn verlieren, da solltest du doch etwas haben, um ihn hineinzutun... Wenn es soweit ist, legst Du diese Dose unter dein Kopfkissen, und um alles Weitere wird sich dann die Zahnfee kümmern."

Noah hob erstaunt den Blick, und sah den Professor mit

großen Augen fragend an. Ansonsten rührte er sich nicht. Er schien regelrecht erstarrt zu sein.

Caine lächelte gütig.

"Hast du mir vielleicht etwas zu sagen, mein Junge?" fragte Caine, während er Noah das Döschen zusteckte. "Ich verspreche dir, dass ich nicht böse auf dich sein werde. Aber du musst mir jetzt die Wahrheit sagen."

Noahs Augen füllten sich mit Tränen. Er senkte beschämt den Blick.

"Ich habe gelogen... ich bin noch gar nicht neun Jahre alt..." Tränen kullerten über Noahs Wangen. "Eigentlich habe ich erst in einem dreiviertel Jahr Geburtstag..., dann werde ich sieben..." Noahs zarter Körper wurde vom heftigen Schluchzen geschüttelt. Er konnte nur mühsam weitersprechen. "Aber man... man muss doch mindestens... sieben... Jahre alt sein, um auf die Ben Golden Academy... aufgenommen zu werden, und... und... weil ich damals nicht wußte, wo ich hin sollte, da habe ich dann... da habe ich dann gelogen und gesagt, dass ich schon älter wäre..." Noah weinte bitterlich.

Nachsichtig schüttelte Caine den Kopf. Gerne hätte Caine das schluchzende und zitternde Kind tröstend in seine Arme geschlossen, doch etwas hielt Caine zurück. Er wusste, dass Noah ihm noch längst nicht vertraute, und ein solches Maß an Nähe daher völlig unangebracht gewesen wäre. Also tätschelte Caine nur behutsam Noahs Knie, und reichte ihm ein Taschentuch. Der Professor wartete geduldig ab, bis der Junge sich allmählich wieder etwas beruhigte.

"Es ist alles gut, mein Junge. Nimm jetzt das Taschentuch, und putze dir jetzt erst einmal die Nase."

Noah tat wie ihm geheißen wurde. Durch seine Tränen hindurch, blickte er den Professor ängstlich an.

"Was werden sie jetzt mit mir machen, Sir?" fragte er beunruhigt.

Caine lächelte wohlwollend.

"Ich werde dich jetzt nach Hause bringen, damit du ins Bett kommst. Du hast eine sehr anstrengende Woche hinter dir, und du brauchst deinen Schlaf, Noah."

"Und Sie sind gar nicht böse auf mich, Sir?" fragte der Junge verunsichert.

Kopfschüttelnd entgegnete Caine:

"Noah, es ist natürlich nicht in Ordnung zu lügen, das weißt du selbst, aber wovon du da Gebrauch gemacht hattest, das war eine Notlüge. - Du wolltest damit niemandem Schaden. Du wolltest nur irgendwie überleben, nicht wahr mein Kleiner?"

Noah schluckte und nickte stumm.

Es klopfte an die Tür.

Leicht erstaunt rief Caine:

"Herein!"

Die Tür wurde von Professor Watford geöffnet. Er blieb auf der Türschwelle stehen. Seine stattliche Gestalt, füllte fast den ganzen Türrahmen aus.

"Guten Abend, Homer, - Mr. Jacob... Ich hoffe ich störe nicht...", sagte Watford, während er mit leichtem Stirnrunzeln das verheulte Kind betrachtete.

"Nein, du störst nicht, James, komm nur rein." zu Noah sagte Caine: "Geh doch rasch in den Waschraum, mein Junge, und wasche dir dein Gesicht. Sonst bekommt Mrs. Thornton noch einen Schreck, wenn sie dich so sieht."

Noah nickte beschämt.

"Ja, ist gut, Sir."

Im Vorbeigehen grüßte er schüchtern Professor Watford, und huschte dann eiligst aus dem Zimmer. Er schloss lautlos die Tür hinter sich.

"Was ist denn mit dem Kleinen?" fragte Watford anteilnehmend.

Caine seufzte.

"Ich schätze, ich habe heute Abend eines von Noahs Geheimnissen gelüftet... und ich kann mir jetzt endlich einen Reim darauf machen, weshalb der Junge in meiner Gegenwart bisher nie gelächelt hat."

Watford grinste breit.

"Lass mich raten: er ist in Wirklichkeit kein kleiner Junge, sondern ein neunzigjähriger Wissenschaftler, dem es gelungen ist ein Serum zu entwickeln, das ihm zu ewiger Jugend verhilft. Unglücklicherweise hat das Serum jedoch seine Wirkung auf die Zähne verfehlt, weshalb er trotz aller Jugend zahnlos geblieben ist, wie es seinem Greisenalter entspricht..."

Caine brach in schallendes Gelächter aus, und Watford stimmte mit ein.

"Oh, James!" prustete Caine. "Du hast vollkommen recht! Das sind in etwa die Fakten!"

"Ich wusste doch, dass ich mich auf meine Kombinationsgabe verlassen kann!" witzelte Watford vergnügt. "Du kommst doch gleich noch auf einen Drink bei mir vorbei, und erzählst mir die Einzelheiten?"

Caine nickte.

"Sicher. Geh nur schon mal voraus. Ich werde Noah noch nach Hause begleiten. Danach komme ich dann bei dir vorbei."

Gerade als Watford gehen wollte und die Tür öffnete, kam Noah vom Waschraum zurück. Professor Watford lächelte ihn an.

"Mr. Jacob, wie gut, dass ich sie noch einmal zu Gesicht bekomme. Ich wollte Ihnen nämlich noch etwas sagen: Ich habe vier Jungs im Alter von sechs bis zwölf Jahren, und ich wohne in der selben Straße wie Mrs. Thornton. - Wenn Ihnen also einmal nach der Gesellschaft von anderen Kindern zumute sein sollte, dann kommen Sie doch einfach bei uns vorbei. Sie sind uns jederzeit herzlich willkommen."

"Vielen Dank, Sir", sagte Noah verlegen.

Watford verabschiedete sich, um sich auf den Heimweg zu machen.

Caine gesellte sich zu Noah, der zaudernd auf dem Flur vor seinem Büro stehen geblieben war. Der Professor schloss gewissenhaft die Tür ab, und streckte Noah seine Hand hin.

"Laß uns gehen, mein Junge."

Noah sah Caine einen Augenblick lang unschlüssig an, dann ergriff er zögernd die dargebotene Hand. Caine freute sich über diesen Vertrauensbeweis des Kindes.

"Seit wir beide uns kennen, Noah, hast du dir immer große Mühe gegeben nicht zu lächeln. Hast du das deswegen gemacht, weil du Angst hattest, ich könnte deine Zähne sehen, und dann würde mir auffallen, dass du noch keine neun Jahre alt bist?" fragte Caine, während er mit Noah langsam den langen Flur entlang ging.

Noah wirkte sehr beschämt.

"Ja, Sir", begann er stockend, "Sie sind doch Arzt... und ich hatte Angst, dass Sie etwas bemerken könnten... Es tut mir alles sehr leid, Sir... Ich wollte nichts Böses tun... Ich wollte nicht lügen..." Noah hielt inne. Er sah verzagt zum Professor auf. "Werden Sie mich jetzt von hier wegschicken, Sir?" fragte Noah bedrückt.

Caine blieb stehen, um sich zu Noah herunter zu beugen. Er blickte Noah fest in die Augen.

"Noah, ich bin dir nicht böse, und ich habe nicht vor dich wegzuschicken. Du hast mir jetzt die Wahrheit gesagt, und damit ist diese Sache für mich erledigt."

Caine richtete sich wieder auf.

"Vielen Dank, Sir", sagte Noah sichtlich erleichtert.

Inzwischen hatten Noah und der Professor den Flur hinter sich gelassen.

"Noah, was war damals, bevor du auf die Ben Golden Academy aufgenommen wurdest? - Was war damals eigentlich los?" fragte Caine, als er gemeinsam mit Noah die breite Steintreppe hinunter ging.

Noah sah erschrocken zum Professor auf, und schwieg.

"Du kannst es mir ruhig sagen, mein Junge. Ich verspreche dir, dass dir nichts passieren wird. Du brauchst wirklich keine Angst vor mir zu haben."

Sie waren inzwischen im unteren Stockwerk angelangt, und Caine steuerte langsam auf den Ausgang zu.

"Warum möchten Sie unbedingt, dass ich Ihnen das erzähle, Sir?" fragte Noah misstrauisch.

Der Professor trat mit dem Jungen ins Freie.

"Ich habe das Gefühl, dass du über irgend etwas sehr, sehr traurig bist, Noah, und ich würde gerne mehr über dich erfahren, damit ich dir helfen kann, nicht mehr so furchtbar traurig zu sein."

Noah schniefte.

"Sie sprechen immer so mit mir, Sir, als ob ich noch ein ganz kleines Kind wäre", stellte Noah leicht beleidigt fest.

Caine lächelte nachsichtig.

"Noah, du bist ein kleines Kind! - Ein kleines verängstigtes Kind, das glaubt niemandem vertrauen zu können."

Noah ließ die Hand des Professors unvermittelt los, und blieb einfach stehen. Als wäre er plötzlich zu Stein erstarrt, rührte er sich nicht mehr, und blickte verloren ins Leere.

Caine verwunderte diese Reaktion nicht allzu sehr. Er war ein kleines Stück zu Noah vorgedrungen, und nun war es dem Jungen zu viel geworden. Caine wusste, dass er dem Kind fürs Erste schon einiges abverlangt hatte. Wenn er das aufkeimende Vertrauen, welches er bei Noah bewirkt zu haben hoffte, jetzt nicht sogleich wieder zunichte machen wollte, so musste er nun klug einlenken. Also ging er vor dem Jungen in die Hocke, um Blickkontakt herstellen zu können. Doch Noah fixierte weiterhin einen unsichtbaren Punkt irgendwo in der Ferne. Caine ließ sich davon nicht beirren. Auch wenn der Junge ihn nicht ansehen wollte, so musste er ihm doch wenigstens zuhören.

"Noah, mein Kleiner, ich respektiere es, wenn du jetzt nicht mit mir über deine Vergangenheit reden willst. Es ist schon gut... Aber wenn du irgendwann mit mir darüber reden möchtest, dann werde ich für dich da sein und dir zuhören... Ich werde nicht über dich urteilen, sondern ich werde dir einfach nur zuhören. So wie ein Freund einem Freund zuhört. Einverstanden?"

Noah erwiderte nun zaghaft den Blickkontakt und nickte.

"Ja... vielen Dank, Sir." sagte er mit leicht zitternder Stimme. "Sie sind immer so nett zu mir, obwohl ich es eigentlich gar nicht verdient habe."

Caine richtete sich auf, und zerzauste liebevoll Noahs Haar.

"Ach Noah, du magst zwar das eine oder andere kleine Problem haben, aber du bist doch ein guter Junge mit vielen guten Eigenschaften. Warum solltest du also keine nette Behandlung verdient haben?"

Noah zuckte mit den Schultern und schwieg. Er sah kurz unschlüssig zum Professor auf, dann griff er wieder schüchtern nach dessen Hand.

Während Caine mit dem Kind an der Hand, schweigend den Ambrose Yard durchquerte, ging ihm so allerlei durch den Kopf. Beinahe vergessen geglaubte Bilder, aus glücklicheren Tagen mit seiner Frau und seiner Tochter, tauchten plötzlich vor seinem geistigen Auge auf. Er erinnerte sich an die Sonntagspicknicks mit seiner Familie, und daran wie viel Freude es ihm bereitet hatte, seinem Töchterchen die Welt zu erklären. Es war das erste Mal seit Jahren, dass diese Erinnerungen ihm nicht das Herz schwer machten. Stattdessen kam in ihm der Wunsch auf, etwas von diesem früheren Sonntagsgefühl wieder aufleben zu lassen.

"Noah, hättest du vielleicht Lust, morgen mit mir ins Museum zu gehen?" fragte er unvermittelt.

Noah sah ungläubig zu ihm auf.

"Würden Sie das denn wirklich tun, Sir? "

Caine lachte gutmütig.

"Aber gewiss doch! Wenn du Freude daran hättest."

"Dann würde ich sehr gerne hingehen, Sir. Aber nur, wenn es Ihnen nicht zu viel Mühe bereitet."

"Noah, es macht mir absolut keine Mühe. Ich freue mich doch über deine Gesellschaft."

Noah blickte fragend zum Professor auf, sagte aber nichts. Er wirkte peinlich berührt.

"Was gibt es denn, mein Junge? - Du siehst so aus, als ob du etwas auf dem Herzen hättest. Wenn du mich etwas fragen möchtest, dann nur zu..." ermutigte ihn Caine.

Noah zuckte verlegen mit den Schultern.

"Auf meiner alten Schule, da haben wir gelernt, dass man sich seine Fragen sehr gut überlegen soll. - Weil nur eine gut durchdachte Frage auch eine Antwort verdient. - Außerdem sollte man immer erst versuchen, selbst eine Antwort auf eine Frage zu finden, ehe man sie jemand anderes stellt..."

Caine schüttelte bedächtig den Kopf.

"Wenn es sich um akademische Fragen handelt, dann ist es schon in Ordnung, wenn man ausführlich über die Fragen nachdenkt, ehe man sie stellt. Aber ich bin nicht dein Lehrer, Noah, und daher wäre ich froh, wenn du deine Fragen genau so stellst, wie sie dir spontan in den Sinn kommen. Wenn du etwas auf dem Herzen hast, ganz egal was, dann sprich es einfach aus, ohne dir vorher stundenlang den Kopf darüber zu zerbrechen."

Als sie vor dem Haus der Witwe Thornton angelangt waren, begann es draußen allmählich dunkel zu werden.

Noah zog das kleine Blechdöschen, das der Professor ihm

gegeben hatte, aus seiner Jacketttasche hervor. Er betrachtete es kurz, dann fasste er sich ein Herz:

"Ich habe da vorhin etwas nicht so ganz verstanden, Sir. - Wer oder was ist eine Zahnfee, und um was wird sie sich kümmern?"

Caine unterdrückte ein Schmunzeln.

"Du hast noch nie etwas von der Zahnfee gehört, mein Junge?"

Noah schüttelte den Kopf.

"Ich weiß nur, dass Feen Märchengestalten sind. - Aber wie kann sich eine Märchengestalt denn um etwas kümmern? Sie ist doch gar nicht real."

Caine legte Noah seine Hand auf die Schulter.

"Jeden deiner Milchzähne, den du in Zukunft verlieren wirst, tust du in das Döschen, das ich dir gegeben habe. Dieses Döschen legst du dann abends unter dein Kopfkissen, bevor du dich schlafen legst. Während du dann schläfst - und nur dann - wird dich die Zahnfee besuchen kommen. Sie nimmt deinen Milchzahn an sich, und lässt dir stattdessen ein nagelneues, glänzendes Geldstück da."

Noah sah den Professor einen Augenblick lang zweifelnd an, dann veränderte sich plötzlich sein Gesichtsaudruck. Er hatte den Schalk im Blick, als er fragte:

"Kennt Mrs. Thornton die Geschichte von der Zahnfee auch?"

Caine nickte mit gespieltem Ernst.

"Ja, ich denke schon."

Noah grinste.

"Ich glaube, dann weiß ich wie die Zahnfee arbeitet."

Lächelnd tätschelte Caine Noahs Wange:

"Lass dich einfach überraschen, mein Junge. - Man muss im Leben nicht immer über alles Bescheid wissen. - Gelegentlich darf man sich auch einfach mal verzaubern lassen."

Noah nickte ernst. Die kurz aufgeflackerte Heiterkeit des Kindes, war auf einmal wieder verflogen.

"Darf ich Sie vielleicht noch etwas fragen, Sir?" in Noahs Stimme lag ein leises Flehen.

Caine warf einen verstohlenen Seitenblick zu einem der beleuchteten Fenster, hinter dem er Mrs. Thornton zu erkennen glaubte.

"Also gut Noah, noch eine einzige Frage für heute, dann musst du aber sofort zu Bett gehen. - Es ist nämlich schon ziemlich spät, und Mrs. Thornton wird sich sicher allmählich schon Sorgen um dich machen..."

Noah atmete tief ein, dann stellte er rasch seine Frage:

"Was passiert mit mir, wenn Mrs. Thornton sich plötzlich nicht mehr um mich kümmern kann oder will, Sir? - Schicken Sie mich dann in ein Waisenhaus?"

Der Professor betrachtete voll Sorge den kleinen Jungen, dessen bange Frage offenbarte, wie nagend und quälend dessen Angst davor war, ein eben erst gefundenes Zuhause wieder verlieren zu können. Caine wusste, dass eine solch tiefsitzende Angst, sich nicht so ohne weiteres zerstreuen ließ. Dennoch wollte er nun versuchen, das Kind zu entlasten. Er nahm Noah bei der Hand, und ging mit ihm zu der weiß getünchten Sitzbank, die sich auf Mrs. Thorntons Veranda befand. Dort setzte er sich hin, und bat Noah es ihm gleich zu tun.

"Noah, weißt du eigentlich, weshalb ich dich hierher geholt, und die Verantwortung für dich übernommen habe?" fragte Caine.

"Damit ich aufs College gehen kann, Sir?" fragte Noah verunsichert zurück.

Caine schüttelte den Kopf, und sah Noah dabei ernst in die Augen.

"Nein, mein Junge... Ich war eigentlich dagegen, dass du jetzt schon aufs College gehst, weil ich dich für viel zu jung dafür halte. - Ich habe dich hierher geholt, damit du ein vernünftiges Zuhause hast... Ich wollte nicht, dass du wegen deiner Klugheit auf irgendein College gehst, wo sich dann niemand richtig um dich kümmert. Ich wollte, dass du es gut hast, und glücklich sein kannst, - und weil ich weiß, dass es dich glücklich macht aufs College zu gehen, lasse ich dich hingehen. Aber das College ist nicht der Grund, weswegen du jetzt hier bist."

Noah starrte den Professor fassungslos an und schluckte.

"Dann bin ich jetzt hier, weil Sie Mitleid mit mir gehabt haben, Sir?"

Caine hielt Noah bei den Schultern, und sah ihm dabei fest in die Augen.

"Nein, kein Mitleid, Noah. - Du bist hier, weil ich dich gern habe, und weil ich möchte, dass aus dir eines Tages ein großartiger Wissenschaftler wird, - und das wirst du sein, mein Junge. Aber um ein wirklich großer Wissenschaftler zu sein, braucht es nicht nur Verstand, sondern vor allen Dingen ein großes Herz. - Nichts ist schlimmer, als seelenlose, kalte Wissenschaft. - Deine Seele ist noch ein kleines, zartes Pflänzchen, und braucht Liebe und Geborgenheit, um gut gedeihen zu können. Mrs. Thornton gibt dir diese Liebe und Geborgenheit. Deshalb lebst du jetzt hier bei ihr. - Und sollte Mrs. Thornton sich eines Tages, aus einem unvorhersehbaren Grund, nicht mehr um dich kümmern können, dann werde ich mich um dich kümmern. - Mach dir nicht so viele Sorgen, um die Zukunft, Noah. Alles wird gut werden, du wirst schon sehen."

Noah starrte den Professor an und schwieg.

Caine lächelte.

"Hast du das jetzt alles verstanden, Noah?"

Noah nickte leicht benommen.

"Ja, Sir. - Jetzt haben Sie mit mir gesprochen, als ob ich ein Erwachsener wäre."

"Ja, das habe ich."

"Dann gehe ich jetzt wohl lieber ins Bett, Sir." sagte Noah geistesabwesend, und erhob sich von der Bank.

Caine streckte Noah seine Hand hin.

"Gute Nacht, mein Kleiner. Träum etwas Schönes."

Noah starrte kurz auf die ausgestreckte Hand, ergriff sie schließlich zögerlich und schüttelte sie.

"Gute Nacht, Sir." mit nachdenklichem Gesichtsausdruck ging Noah auf die Haustür zu, öffnete sie und schlüpfte rasch ins Haus.

Caine blieb noch eine Zeit lang versonnen auf der Veranda sitzen.

\*\*\*

Sonntag Mittag, war Caine bei der Familie Watford zum Mittagessen eingeladen.

Die Watfords waren eine lebhafte und fröhliche Familie. James Watford hatte einst seine Jugendliebe Emma geheiratet, die ebenso wie er auf einer Farm aufgewachsen war. Emma Watford war von rundlicher Gestalt, hatte strohblondes Haar, strahlende blaue Augen und jede Menge Sommersprossen, die ihr ein mädchenhaft schelmisches Aussehen verliehen.

Emma und James Watford waren wie füreinander geschaffen: beide waren klug, bodenständig, herzlich und humorvoll. Caine hielt sie für das ideale Paar, und darüber hinaus, für sehr gute Eltern.

Nach dem Essen, erhielten die vier blonden, quirligen Watford Jungs die Erlaubnis draußen zu spielen, während die Erwachsenen noch gemütlich bei einer Tasse Kaffee beisammen sitzen wollten. Der jüngste Watford Spross, Timothy, kam bereits nach wenigen Minuten wieder zurück ins Esszimmer gelaufen, um sich über seine wilden Brüder zu beschweren.

"Die anderen wollen mich einfach nicht mitspielen lassen",

schmollte der sommersprossige Sechsjährige, während er sich an seine Mutter schmiegte.

Emma Watford lächelte und herzte ihren Sohn.

"Ach, mein armer kleiner Timmy. Das ist ja wirklich schrecklich gemein von deinen Brüdern. Aber ich habe da eine wunderbare Idee: du bleibst hier bei mir, und hilfst mir nachher beim Abwasch. Na, was hältst du davon?"

Timothy machte ein unwilliges Gesicht. Nach kurzem Überlegen, meinte er schließlich zerknirscht:

"Vielleicht lassen mich die anderen ja doch mitspielen, wenn ich sie noch mal frage..."

Emma zupfte Timothys Hemdkragen zurecht.

"Also, wenn du es noch einmal mit deinen Brüdern versuchen willst, dann habe ich selbstverständlich nichts dagegen - obwohl dir auf diese Art natürlich der Spaß entgeht, mir in der Küche zu helfen."

Timothy schien angestrengt nachzudenken. Schließlich meinte er, mit der ganzen Ernsthaftigkeit eines Sechsjährigen:

"Also, Daddy sagt ja immer: zu viel Spaß ist nicht gesund. - Ich gehe vielleicht doch lieber wieder nach draußen..."

James Watford verkniff sich ein Grinsen.

"Das ist eine weise Entscheidung, mein Sohn. Dann geh mal raus, und zeig es deinen Brüdern!"

Der Junge strahlte und lief nach draußen.

Die drei Erwachsenen blickten ihm lachend hinterher.

"Ich staune immer wieder darüber, wie gut ihr eure Rasselbande im Griff habt", bemerkte Caine anerkennend.

"Also dieses Lob gebührt ausschließlich Emma", meinte James Watford mit liebevollem Blick auf seine Frau. "Sie ist ein unglaubliches Naturtalent, wenn es sich um Erziehungsfragen handelt."

Caine fand es wundervoll, dass die Liebe zwischen Emma

und James auch nach 15 Jahren Ehe noch taufrisch zu sein schien. Aufkommende Gedanken über den Verlust seines eigenen Liebesglücks, versuchte Caine in diesem Augenblick sofort zu unterdrücken. Er wollte die Freude, die er für seine beiden Freunde empfand, nicht durch Trauer über seine eigene Situation trüben.

Nachdem sie eine Weile über dieses und jenes geplaudert hatten, erkundigte sich Emma bei Caine, nach dessen Schützling:

"Wie geht es dem kleinen Noah?" fragte sie interessiert. "Ich habe ihn neulich gesehen, als ich die Witwe Thornton besucht habe. - Wirklich ein niedlicher kleiner Junge, richtig zum gernhaben! Mrs. Thornton hatte gar kein anderes Gesprächsthema als den Kleinen."

Caine lächelte verhalten.

"Oh ja, Mrs. Thornton ist überglücklich, dass Noah jetzt bei ihr lebt. - Sie ist regelrecht vernarrt in den Jungen. Es hat sich nämlich herausgestellt, dass Noah ein besonders pflegeleichtes Kind zu sein scheint: er ist immer artig, macht sich nie schmutzig, badet freiwillig, isst immer sein Gemüse auf, stellt nie etwas an..."

Emma unterbrach Caine erstaunt:

"Also, wenn man dich so reden hört, Homer, klingt es ja beinahe so, als ob du an einem artigen Kind etwas auszusetzen hättest."

Kopfschüttelnd erwiderte Caine:

"Aber nein, Emma, so war das nicht gemeint. Ich mache mir einfach nur Sorgen um den Jungen. Noah ist sehr viel stärker belastet, als es auf den ersten Blick den Anschein macht. Vordergründig scheint er einfach nur sehr wohlerzogen zu sein. Aber tatsächlich ist dieses übertrieben höfliche und artige Verhalten, das er an den Tag legt, ein Ausdruck von tiefsitzender Angst. Er kommt mir manchmal so vor, wie ein kleiner geprügelter Welpe, der versucht sich so unsichtbar wie möglich zu machen, um niemandem eine Angriffsfläche zu bieten."

Emma goss Kaffee nach.

"Ich bin davon überzeugt, dass du und Mrs. Thornton mit euerer Geduld und Fürsorge, den Jungen schon noch aus seinem Schneckenhäuschen herauslocken werdet. Er ist doch noch so klein, Homer. In dem Alter lässt sich vielleicht nicht alles, aber doch so manches wieder hinbiegen. Mit deiner und Mrs. Thorntons Hilfe, wird er bestimmt wieder etwas Vertrauen in seine Mitmenschen fassen."

Ihr Mann nickte zustimmend.

"Ganz recht, mach dir nicht zu viele Sorgen, Homer. Du scheinst einen sehr guten Zugang zu dem Jungen zu haben. - Ich bin mir beinahe sicher, dass Noah noch vor Ablauf eines halben Jahres genauso ein Lausebengel sein wird wie unsere vier. Du wirst schon sehen: du wirst dir den braven, pflegeleichten Jungen noch zurückwünschen, wenn er erst anfängt mit Bällen Fensterscheiben einzuwerfen, Bibliotheksbücher zu verbrennen und dir Pfeffer in den Kaffee zu schütten."

Caine musste lachen.

"Dein Wort in Gottes Ohr, mein Freund!"

***

Nach dem Kaffeetrinken verabschiedete sich Homer Caine von den Watfords, und machte sich auf den Weg, um seinen Schützling bei Mrs. Thornton abzuholen.

Es war ein ausnehmend schöner Tag. Der Spätsommer schien mit gesammelter Kraft nochmals seine ganze Pracht zur Geltung bringen zu wollen, ehe es endgültig Herbst wurde.

Während Caine sich dem Haus der Witwe näherte, vernahm er immer deutlicher werdende Klavierklänge. Caine war sich beinahe sicher, dass es Noah sein musste, der am Klavier saß.

Seine Vermutung bestätigte sich, als er schließlich auf Mrs. Thorntons Veranda stand. Caine, der zwar kein großer Musikkenner war, aber durchaus gerne zuhörte wenn sich die Gelegenheit ergab, war völlig fasziniert. Er lauschte gebannt dem gefühlvollen und flüssigen Spiel des Kindes. Der Professor war sich zwar nicht ganz sicher, doch er glaubte Mozart herauszuhören. Er setzte sich entspannt auf die weiße Holzbank auf der Veranda, um in aller Ruhe die Musik auf sich wirken zu lassen. Erst als das Stück zu Ende war, klopfte er an die Haustür. Als Mrs. Thornton ihm öffnete, hatte sie Tränen in den Augen.

"Ach, Professor Caine, kommen Sie doch herein! Noah freut sich so sehr darüber, dass Sie mit ihm ins Museum gehen", sagte sie, während sie ihre Augenwinkel mit einem Spitzentaschentuch betupfte.

Caine runzelte verwundert die Stirn.

"Stimmt etwas nicht, Mrs. Thornton?"

Mrs. Thornton lächelte verlegen.

"Aber nicht doch, Professor, es ist alles in allerbester Ordnung! Ich bin nur zutiefst bewegt, über Noahs wundervolles Klavierspiel." sie seufzte. "Ach, ist es nicht einfach himmlisch?"

Schmunzelnd erwiderte Caine:

"Nun, ich habe eben auch ein wenig zugehört, und kann Ihnen nur zustimmen, Mrs. Thornton. - Eine ganz erstaunliche Leistung, für einen so kleinen Jungen."

Die Witwe rief Noah zu sich. Eine Tür wurde geöffnet, und Augenblicke später trat Noah aus dem Esszimmer, wo das Klavier stand, auf den Flur. Er hielt bereits seine Mütze in der Hand.

"Na, junger Mann. Bereits fürs Museum?" erkundigte sich Caine .

Noah strahlte übers ganze Gesicht, und setzte seine Mütze auf.

"Ja, Sir. - Es ist sehr nett von Ihnen, dass Sie mit mir dorthin gehen."

Caine, der den Jungen nun zum aller ersten Mal richtig lächeln sah, freute sich sehr darüber. Er erwiderte das Lächeln.

"Und es ist überaus nett von dir, dass du mich begleitest. - Ich bin nämlich schon seit einer Ewigkeit nicht mehr dort gewesen."

Das Museum, das zur Ambrose Universität gehörte, war von Mrs. Thorntons Haus aus gut zu Fuß zu erreichen.

Professor Caine und der Junge gingen nebeneinander durch die wenigen, schnurgeraden Straßen der Wohnsiedlung, als Noah unvermittelt eine Frage stellte.

"Sir, wie kommt es, dass Sie den Sonntag nicht mit Ihrer eigenen Familie verbringen? - So wie die anderen Professoren?"

Caine, der auf diese Frage nicht gefasst gewesen war, musste schlucken. Er konnte nicht sofort antworten.

Noah blickte mit großen Augen schuldbewusst zu Caine auf, und nahm seine Frage sofort wieder zurück:

"Es tut mir sehr leid, Sir. Ich hätte diese Frage nicht stellen dürfen. Bitte verzeihen Sie mir", sagte er zerknirscht.

Caines Erstarrung löste sich wieder.

"Aber nicht doch, mein Junge. Da gibt es nichts zu verzeihen... Hat dir Mrs. Thornton denn nichts über mich erzählt?"

Noah zuckte mit den Schultern.

"Sie hat mir nur erzählt, dass Sie ein guter Mensch sind, und viel Gutes tun."

Caine seufzte. Er wusste nicht so recht, was und wie viel er dem Jungen von sich selbst erzählen sollte, da er Noah keinesfalls damit belasten wollte.

"Nun ja, weißt du, mein Junge..., ich habe keine eigene Familie. Meine Patienten und meine Studenten sind so etwas wie meine Familie..., und dann habe ich noch eine ganz großartige Zwillingsschwester und einige besonders gute Freunde."

Noah blickte nachdenklich zum Professor auf, sagte jedoch nichts.

Caine und der Junge setzten schweigend ihren Weg fort.

"Was beschäftigt dich, mein Junge?" erkundigte sich Caine nach einer Weile.

"Ich denke nur ein bisschen nach..." entgegnete Noah ausweichend.

Caine lächelte.

"Das merke ich, - und worüber? Magst du mir das vielleicht erzählen?"

Noah zuckte etwas hilflos mit den Schultern.

"Es ist nichts Wichtiges, Sir. - Ich frage mich nur, warum Sie mich eigentlich gern haben, und Ihre Zeit mit mir verbringen... Sie hätten doch ganz bestimmt auch Wichtigeres zu tun, als sich um mich zu kümmern."

Der Professor dachte kurz nach, ehe er antwortete:

"Es ist nicht immer so einfach zu erklären, weshalb man jemanden gern mag, Noah. - Manchmal, da begegnet man im Leben einem anderen Menschen, und mag diesen Menschen sofort, - ohne dass man erst darüber nachdenken müsste, weshalb das so ist. Es ist ein bisschen so, als würde ein Funke überspringen..., und dann gibt es nichts Wichtigeres, als seine Zeit mit den Menschen zu verbringen, die einem etwas bedeuten."

Noah blickte bedrückt zum Professor auf.

"Und was passiert, wenn Sie mich eines Tages nicht mehr gern haben?"

Caine schenkte Noah ein nachsichtiges Lächeln.

"Das wird nicht passieren, Noah."

Der Junge schien nicht überzeugt zu sein.

"Es könnte aber passieren... Es passieren doch viele schlimme Dinge... Eines Tages, da könnte ich Ihnen ganz furchtbar auf die Nerven fallen, und dann... dann bringen Sie mich von hier fort, und dann mag mich überhaupt niemand mehr..." Noah seufzte schwer, und verschränkte die Arme vor der Brust.

"Das arme Kind", dachte Caine anteilnehmend. "Die Angst, wieder im Stich gelassen zu werden, sitzt so tief. Ganz gleichgültig was ich auch sage, er wird es mir sowieso nicht glauben. Es wären ja nur Worte. Da kann wohl nur die Zeit Abhilfe schaffen." Caine beschloss, nicht auf Noahs augenblickliche Gefühlslage einzugehen. Stattdessen griff er in seine Jacketttasche, und holte ein mit Sahnebonbons gefülltes Papiertütchen hervor. Er reichte es Noah.

"Hier, nimm das..., die sind für dich, mein Junge."

Noah nahm verblüfft die Süßigkeiten entgegen, und bedankte sich höflich.

"Es wird alles gut, Noah. Mach dir nicht so viele Sorgen... Es ist ein wunderschöner Tag heute, und solche Tage sind dazu geschaffen, sich am Leben zu erfreuen. Das Leben kann nämlich auch durchaus Spaß machen. Das darfst du niemals vergessen."

Noah riskierte einen verstohlenen Blick ins Innere der Papiertüte, und nickte artig. Schließlich nahm er eines der Bonbons andächtig in den Mund, so als würde es sich dabei um eine Hostie in der Kirche handeln. Dann streckte er Caine die Papiertüte hin.

"Hier, bitte, Sir! Sie müssen auch eins probieren."

"Oh, vielen Dank, Noah. Das ist wirklich sehr aufmerksam." Caine fischte lächelnd eines der Bonbons aus der Tüte, und dachte bei sich: "Mrs. Thornton hat recht: der Kleine ist tatsächlich ein kleiner Engel."

Als Caine und der Junge sich dem Museum näherten, wurden die Straßen allmählich belebter. Außer dem Museum, gab es in dieser Gegend noch ein Café, einen Gemischtwarenladen, ein Hotel, einen Frisör und ein kleines Theater, in dem jedes Wochenende Aufführungen stattfanden.

An diesem herrlichen Sonntag Nachmittag, waren einige Familien mit Kindern, aber auch junge Liebespaare und viele Studenten, die zumeist in kleineren Gruppen auftraten, unterwegs.

Es war allgemein üblich, dass die Studenten ihre College Uniformen auch außerhalb des Colleges, in ihrer Freizeit, trugen. Es drückte ein Zugehörigkeitsgefühl und den Stolz darüber aus, zu einer bestimmten Elite zu gehören.

Noah trug seine Uniform nicht. Er trug seinen braunen Tweedanzug.

Professor Caine und Mrs. Thornton waren übereingekommen, dass Noah außerhalb seines Studienalltags, wie ein möglichst normaler kleiner Junge leben sollte. Er sollte nicht von Fremden begafft, und als eine Attraktion bestaunt werden. Noah schien mit dieser Regelung sehr glücklich zu sein, da er die Uniform ohnehin nicht besonders mochte.

Caine wurde unvermittelt von einer fülligen, und nicht mehr ganz jungen Dame angesprochen, die ein kleines Hündchen auf dem Arm trug. Sie hatte einen auffälligen Hut auf, und trug einiges an Schmuck. Ihre Kleidung wirkte sehr teuer, offenbarte jedoch einen gewissen Mangel an vornehmer Zurückhaltung und Geschmack.

"Oh, guten Tag, Professor Caine. Was für eine Freude, Sie endlich mal wieder zu Gesicht zu bekommen!" ihre Stimme klang unangenehm schrill. "Ich habe Sie auf der letzten Wohltätigkeitsveranstaltung unseres Frauenvereins sehr vermisst, Professor. Wir hatten alle so gehofft, dass eine Kapazität wie Sie, unserer Veranstaltung noch ein wenig mehr Glanz verleihen könnte..."

Caine musste sich beherrschen, um sich nicht anmerken zu lassen, wie wenig ihn die Begegnung mit der Dame freute. Ihr Name war Milla Jones, eine reiche Witwe, die dem Ambrose Hospital eine ganze Abteilung gestiftet hatte. Obwohl diese Stiftung eigentlich das Vermächtnis ihres verstorbenen

Mannes war, brüstete sich die Witwe sehr gern selbst damit. Milla Jones hatte schon seit einiger Zeit ein Auge auf Professor Caine geworfen, der darüber alles andere als glücklich war. Der Anblick, die Persönlichkeit, das schwere süßliche Parfum und die schrille Stimme der Witwe Jones, verursachten Caine regelrecht Sodbrennen.

Caine rang sich ein freundliches Lächeln ab.

"Ach, guten Tag, Mrs. Jones. -Wie geht es Ihnen?"

Der neugierige Blick von Mrs. Jones fiel auf Noah, der inzwischen schutzsuchend nach Caines Hand gegriffen hatte, und näher an den Professor herangerückt war.

"Oh, wen haben Sie denn da, Professor Caine? forschte Mrs. Jones mit leicht zusammengekniffenen Augen. "Vielleicht ein Verwandter von Ihnen?"

Caine besann sich kurz. Er drückte Noahs Hand ein wenig fester, und meinte schließlich:

"Ganz recht, Mrs. Jones. Er gehört zu meiner Familie."

Mrs. Jones schien diese Information nicht ganz einordnen zu können.

"Oh... das ist aber nett..."

Caine nutzte die kurze Verwirrung der Witwe, um sich rasch aus der Affäre zu ziehen.

"Es war mir ein großes Vergnügen, Ihnen mal wieder zu begegnen, Mrs. Jones. Aber jetzt muss ich mich leider schon wieder verabschieden. - Der junge Mann hier und ich, haben nämlich noch etwas vor. - Auf Wiedersehen, Mrs. Jones..."

Caine wandte sich mit einer kurzen, angedeuteten Verbeugung von der Witwe ab, und setzte mit Noah an der Hand seinen Weg zum Museumsgebäude fort.

Noah warf Caine einen flüchtigen forschenden Blick zu, und schwieg. Erst als sie vor dem Eingangsportal des Museums angekommen waren, fragte er:

"Warum haben Sie denn der eigenartigen Dame gesagt, dass ich zu Ihrer Familie gehöre, Sir?"

Caine erheiterte die Bezeichnung "eigenartige Dame". Er fand sie sehr treffend.

"Weil du das tust, Noah. - Alle Menschen, die mir etwas bedeuten, gehören für mich zu meiner Familie."

"Ich glaube, diese Dame würde auch gerne zu Ihrer Familie gehören, Sir." stellte Noah sachlich fest.

Caine musste lachen.

"Das hast du sehr gut beobachtet, Noah. Aber ich fürchte, da lässt sich nichts machen... so, und jetzt lass uns hineingehen und sehen, was dieses Museum zu bieten hat."

# Kapitel 5

Professor Alexander suchte Professor Caine unangemeldet im Ambrose Hospital auf. Caine stand gerade im Krankenhausflur, vertieft in ein Fachgespräch mit einem der jungen Assistenzärzte, als der 66 jährige Theologe mit hochrotem Kopf auf ihn zugehastet kam. Obwohl der hagere alte Mann sich auf einen Gehstock stützte, und sich daher beim Gehen leicht nach vorne beugen musste, schritt er dennoch erstaunlich flink voran. Er schien außer sich zu sein vor Wut. Caine fühlte sich, obgleich er nicht religiös war, unwillkürlich an einen zornigen, unheilvollen Racheengel erinnert.

Professor Alexander ersuchte mit Nachdruck darum, Caine umgehend sprechen zu dürfen. Der verwunderte Caine bat Alexander sofort in sein Sprechzimmer, da er ernsthaft befürchtete, der alte Mann könne einen Herzinfarkt erleiden, sofern er sich nicht bald wieder beruhigen würde. Noch ehe Caine nachfragen konnte worum es sich handelte, machte Alexander seinem angestauten Ärger bereits Luft:

"Professor Caine, so kann es einfach nicht weitergehen! Ihre psychologische Forschung in allen Ehren, aber Ihr Schützling stellt eine ernstzunehmende Gefahr für die Öffentlichkeit dar. Er hätte mich beinahe umgebracht!"

Völlig perplex starrte Caine den alten Theologen an, dessen schlohweisses, zerzaustes Haar eine beständige Quelle studentischer Heiterkeit darstellte.

"Sie meinen doch nicht etwa Noah Jacob?" fragte Caine verwundert nach.

"Ja, ganz recht, ich spreche von diesem kleinen Ungeheuer, das unsere altehrwürdige Institution unsicher macht. Ich kann einfach nicht begreifen, wie Sie es befürworten konnten einen solchen Rotzbengel bei uns aufzunehmen. Wir sind hier schließlich kein Asyl für geistesgestörte Waisen."

Caine glaubte sich verhört zu haben.

"Wie bitte?! - Sie als ein Mann der Kirche, nennen ein armes Kind, das seine Eltern verloren hat, eine geistesgestörte Waise..."

Alexander verzog verächtlich das Gesicht.

"Ach, echauffieren Sie sich doch nicht unnötig, Herr Kollege. - Trotz Ihrer so überaus liberalen Gesinnung, sollte Ihnen dennoch klar sein, dass auch ein Waisenkind ein Satansbraten sein kann. - Außerdem ist das alles sowieso nicht normal: entweder mogelt dieser Junge sehr raffiniert, und tut ganz einfach nur so, als ob er bereits die College Reife besitzen würde, oder seine unnatürlich frühreife Intelligenz ist das Anzeichen einer ernstzunehmenden Geisteskrankheit."

Caine verschränkte seine Arme vor der Brust. In seinen sonst so freundlichen brauen Augen, blitzte Zorn auf.

"Ich würde vorschlagen, dass Sie mir jetzt endlich erzählen, was eigentlich passiert ist, Herr Kollege."

Professor Alexander, der sich mit der rechten Hand auf seinen Gehstock stützte, hielt Caine mit der anderen Hand das dicke Buch hin, das er mit sich führte.

"Nun, das kann ich Ihnen sagen: der Bengel hat mit diesem Buch nach mir geworfen - und zwar mit voller Absicht! Er ist mit diesem Buch bewaffnet auf einen Baum geklettert, und hat es auf mich fallen lassen. - Es ist nur einem glücklichen Zufall zu verdanken, dass mir dieses Buch nicht auf den Kopf gefallen ist!"

Caine schüttelte unwillig den Kopf.

"Es muss sich hierbei um ein harmloses Missgeschick handeln. Noah ist ein sehr wohlerzogener und lieber Junge. Er würde so etwas niemals mit Absicht tun. Da bin ich mir absolut sicher. - Er sitzt bei schönem Wetter oft auf dieser alten

Eiche am See und ließt. Ich selbst habe ihn dazu ermutigt, mehr Zeit im Freien zu verbringen. Vermutlich wird er das Buch aus Versehen fallen gelassen haben..."

Professor Alexander ließ sich nicht beschwichtigen.

"Versehen... lieber Junge, dass ich nicht lache! Seit wann ist ein Bengel, der einen alten Mann mit Büchern bewirft, ein lieber Junge? Er hat eine gehörige Tracht Prügel verdient!"

"Hat er sich bei Ihnen entschuldigt?" erkundigte sich Caine mit gepresster Stimme.

"Nachdem ich ihn zur Räson gebracht hatte, hat er so etwas wie eine halbherzige Entschuldigung gemurmelt. Doch es war keinesfalls angemessen." erwiderte Alexander.

"Sie haben Noah doch nicht etwa geschlagen?" fragte Caine entsetzt.

"Was heisst hier geschlagen?! Der ungezogene Bengel hat ein paar Ohrfeigen kassiert. Wenig genug, für das was er getan hat."

Caine holte tief Luft, und hielt dann für einige Sekunden den Atem an. Etwas das er instinktiv zu tun pflegte, wenn er sehr wütend war und um Fassung rang. Dann ging er steif zur Tür, öffnete sie, und hielt sie weit auf.

"Ich habe genug gehört, Professor Alexander", sagte er mühsam beherrscht. "Ich bin für Noah Jacob verantwortlich, und ich kümmere mich persönlich um seine Erziehung. - Auch um seine Bestrafung, wenn es sein muss. - Wenn es also nochmals ein Problem geben sollte, dann kommen Sie bitte direkt zu mir, anstatt ihren Zorn an einem wehrlosen Kind auszulassen. - Nur weil ein Kind keine Eltern mehr hat, wird es dadurch noch lange nicht zum Freiwild für unbeherrschte Erwachsene. Darüber hinaus, gehört das Misshandeln von Studenten nicht zu den üblichen Gepflogenheiten hier in Ambrose."

Professor Alexander ging mit schlurfendem Gang langsam

auf die Tür zu, wobei er Caine einen zutiefst beleidigten Blick zuwarf.

"Ganz wie sie meinen, Herr Kollege. Aber passen sie bloß auf, dass Ihnen der Bengel eines Tages nicht auf der Nase herumtanzen wird!"

Ohne ein weiteres Wort, verließ Alexander den Raum.

Caine schloß die Tür und seufzte betrübt. Er kannte Noah inzwischen gut genug um zu wissen, dass ein derartiger Zwischenfall den sensiblen Jungen völlig verstört haben musste. Er dachte kurz nach, dann rief er seine Sekretärin in der medizinischen Fakultät an. Er bat sie darum Noah, der eigentlich gerade bei der Orchesterprobe sein sollte, ausfindig zu machen und zu ihm zu bringen. Caine hätte sich gerne selbst auf die Suche nach Noah begeben, doch die Assistenzärzte warteten auf ihn, um mit der nachmittäglichen Visite fortfahren zu können.

Als Caines Sekretärin, nach beinahe einstündiger erfolgloser Suche, ratlos zu Caine in die Klinik kam, begann sich dieser allmählich ernsthafte Sorgen zu machen. Er wusste, wie aufbrausend Professor Alexander sein konnte, und er befürchtete, dass dieser den kleinen Jungen regelrecht in die Flucht geschlagen haben musste. Kurzerhand rief der besorgte Caine seinen Freund Watford an, schilderte ihm eilig die Situation und bat ihn, ihm bei der Suche nach dem Jungen behilflich zu sein. Außerdem informierte Caine noch Mrs. Thornton. Caine war darum bemüht, die Witwe nicht mehr aufzuregen, als unbedingt notwendig. Er versuchte die sehr besorgte Mrs. Thornton am Telefon zu beruhigen:

"Wir werden ihn schon wiederfinden, Mrs. Thornton, keine Sorge. - Kleine Kinder verstecken sich meistens irgendwo, wenn sie sich fürchten oder sich nicht verstanden fühlen. Noah wird da sicherlich keine Ausnahme sein..."

"Aber es wird doch schon bald dunkel werden... Wenn er nun

weggelaufen ist und sich verirrt hat, oder verletzt ist und jetzt den Heimweg nicht mehr wiederfinden kann?" Mrs. Thorntons Stimme zitterte.

Caine atmete tief durch.

"Mrs. Thornton, wir sollten jetzt alle die Ruhe bewahren. - Sie werden jetzt nochmals ganz sorgfältig ihr Haus und den Garten durchsuchen. Sehen sie bitte überall nach: unter den Betten, in den Schränken, auf dem Dachboden... Überall wo ein Sechsjähriger sich verstecken könnte. - Professor Watford und ich werden in der Zwischenzeit das ganze Gelände hier absuchen, und Emma Watford nimmt sich die Nachbarschaft vor."

"Sie haben recht, Professor", sagte Mrs. Thornton mit Tränen in der Stimme. "Wir sollten alle die Ruhe bewahren. Ich werde mich sofort auf die Suche machen."

***

Systematisch suchten Professor Caine und sein Freund Watford das Ambrose Gelände, und alle frei zugänglichen Gebäude darauf ab. Sie suchten beinahe zwei Stunden lang, unterstützt durch einen hilfsbereiten Studenten und den Hausmeister von Ambrose. Schließlich trafen Caine und Watford wieder zusammen, um sich zu beraten.

"Wo verstecken sich deine Kinder, wenn sie unglücklich sind?" wollte Caine wissen.

Watford strich sich nachdenklich über den Bart.

"Glücklicherweise ist mein Nachwuchs meistens guter Dinge. Aber wenn einen von den Jungs doch einmal irgendwo der Schuh drückt, dann verkriecht er sich meistens im Baumhaus."

Caine dachte angestrengt nach.

"Noah kennt sich hier in der Umgebung kaum aus... Ausser

dem Ambrose Gelände kennt er eigentlich nur das Museum, wo ich neulich mit ihm gewesen bin... Es hat ihm dort sehr gut gefallen. Vielleicht ist er dorthin gegangen."

"Im Museum laufen Leute herum, und ein Wärter dreht dort seine Runden. - Ich denke das ist kein so idealer Ort, wenn man sich zurückziehen will." gab Watford zu bedenken.

Caine nickte.

"Ja, da hast du vermutlich recht..."' Plötzlich kam Caine etwas in den Sinn: "Der Junge fühlt sich sehr wohl und geborgen, wenn er mit Tieren zusammen sein kann. - Vielleicht ist er in unserem Labor." meinte er hoffnungsvoll.

Watford runzelte zweifelnd die Stirn.

"Ich habe heute Mittag das Labor als letzter verlassen, und ich weiß ganz genau, dass ich es abgeschlossen habe."

Caine nickte wissend.

"Ganz recht, und deshalb haben wir dort bisher auch noch nicht nachgesehen. Aber wir haben da etwas nicht bedacht: nämlich das kleine Fenster, das wir wegen der Tiere immer geöffnet lassen... Ein Erwachsener könnte sich zwar nicht dort hindurch zwängen, aber für ein Kind dürfte das überhaupt kein Problem darstellen."

"Da könntest du recht haben..." erwiderte Watford. "Der Kleine ist ganz verrückt nach Tieren. Er besucht mich fast täglich im Labor, um sich die Tiere anzusehen und sie zu streicheln."

Watford und Caine setzten sich sogleich wieder in Bewegung. Das Labor für experimentelle Psychologie lag knapp zehn Minuten Fußweg von ihrem augenblicklichen Standort entfernt.

Caine fuhr sich zerstreut durchs Haar.

"Ich hoffe, dass Noah sich nur irgendwo versteckt hat, und nicht tatsächlich weggelaufen ist..."

Watford klopfte dem Freund ermutigend auf die Schulter.

"Wir werden ihn schon finden, Homer... Der Kleine hat sich

mächtig vor dem alten Tattergreis erschrocken, und hat sich bestimmt nur irgendwo versteckt. Aber ansonsten scheint er doch sehr glücklich hier auf dem College zu sein. - Du und Mrs. Thornton, ihr kümmert euch so gut um ihn. Er hat doch also gar keinen Grund um auszureißen."

"Ich hoffe, dass du recht hast", sagte Caine bekümmert. "Ich frage mich, was bloß in Alexander gefahren ist... Alle anderen Professoren sind sehr angetan von Noah, und seine Kommilitonen behandeln ihn ebenfalls nett und rücksichtsvoll. - Ich kann gar nicht fassen, dass Noah ausgerechnet von einem Geistlichen misshandelt wird."

Watford warf Caine einen vielsagenden Seitenblick zu.

"Ich denke, ich weiß welche Laus Alexander über die Leber gelaufen ist..."

"Ach ja?"

Watford nickte.

"Wie du ja weißt, Homer, wohnen wir neben der Familie Boyle, und Mrs. Boyle hat die unangenehme Eigenschaft, über jeden und alles Bescheid zu wissen. - Sie hat mir einmal erzählt, dass Alexanders Neffe die Aufnahmeprüfung für Ambrose nicht bestanden hat. - Professor Alexander soll sich anscheinend sehr dafür eingesetzt haben, dass sein Neffe, trotz mangelnder Begabung, dennoch in Ambrose aufgenommen wird. Er hatte jedoch keinen Erfolg mit seinen Bemühungen..."

Plötzlich fiel es Caine wie Schuppen von den Augen:

"Also daher diese unangebrachte Feindseligkeit... Er reagiert so gereizt auf Noah, weil er den Kleinen offenbar für unwürdig hält, in Ambrose zu studieren... Aber selbst wenn dem so sein sollte: das ist noch lange kein Grund, um sich derart gehen zu lassen. Jemand in Alexanders Position, sollte sich nicht von seinen Gefühlen beherrschen lassen."

"Der alte Knochen ist doch nicht viel mehr als ein scheintotes, giftiges Reptil, das darauf lauert, sein Gift zu verspritzen.

- Wenn es nach ihm ginge, gäbe es auf der Welt keine Kinder, keine Tiere und vor allen Dingen nichts zu lachen...." Watford grinste maliziös. "Also wenn ich etwa 30 Jahre jünger wäre, dann hätte ich Alexander schon längst ein Wespennest unter seinen staubigen Talar geschmuggelt."

Obwohl Caine durchaus nicht nach Lachen zumute war, brachte ihn Watfords Bemerkung dennoch zum Schmunzeln. Watford besaß die seltene Gabe seinen Mitmenschen, selbst in den schwierigsten Situationen, durch seinen Humor das Herz etwas leichter machen zu können.

Inzwischen waren sie beim Labor angelangt. Caine stellte sich die bange Frage, was sie wohl tun sollten, falls sie Noah nicht im Labor vorfinden würden.

Watford schloss die Tür zum Labor auf, und entzündete rasch eine Lampe. Der Lichtschein war nicht sehr hell, reichte aber aus, um das Labor zum Leben zu erwecken. Einige der Tiere blinzelten verschlafen durch die Gitter ihrer Käfige, oder suchten aufgeschreckt in einem Unterschlupf Schutz.

Watford stieß Caine am Arm an, und deutete mit einer Kopfbewegung in eine bestimmte Richtung. Caine folgte mit den Augen der Kopfbewegung seines Freundes, und atmete sogleich erleichtert auf: In einer abgelegenen Ecke des Raumes, neben dem Käfig von Archimedes, lag Noah zusammengekauert im Halbdunkeln auf dem Fußboden. Er war dort eingeschlafen.

Caine hockte sich neben den Jungen, und versuchte ihn so sanft wie möglich aufzuwecken. Als Noah schließlich wach wurde, kauerte er sich sogleich noch mehr zusammen, und schlug schützend beide Hände vors Gesicht.

"Bitte schlagen Sie mich nicht!" wimmerte er hilflos.

Caine beruhigte das zitternde Kind.

"Es ist jetzt alles gut, mein Kleiner. Du brauchst keine Angst mehr zu haben..."

Caine bemerkte, dass Noah Blut an seinen Händen hatte,

und dass seine Hose am Knie aufgerissen war. Alarmiert stand er eiligst auf und hob Noah, der noch immer gekrümmt am Boden kauerte und sich die Hände vors Gesicht hielt, kurzerhand vom Fußboden auf. Er trug den schluchzenden und zitternden Jungen zu einem Tisch, wo das Licht besser war, setzte ihn dort auf die Kante und nahm Noah näher in Augenschein. Watford trat ebenfalls an den Tisch.

Der Zustand, in dem sich der Junge befand, passte nicht zu der Geschichte, die Professor Alexander zum Besten gegeben hatte. Caine war bestürzt.

Noahs rechtes Knie war aufgeschlagen, seine linke Wange war deutlich geschwollen und bereits leicht bläulich verfärbt, um Mund und Nase herum befand sich eingetrocknetes Blut, und sein weißes Hemd offenbarte ebenfalls, dass Noah heftig geblutet haben musste.

"Noah, was ist passiert?! Wo kommt denn das ganze Blut her?"

Noah starrte Caine mit weit aufgerissenen Augen an. Er atmete heftig und zitterte am ganzen Körper.

Watford und Caine tauschten besorgte Blicke aus.

"Ich denke, ich werde Noah am besten ins Krankenhaus bringen, damit ich ihn untersuchen kann. Der Junge scheint unter Schock zu stehen." sagte Caine.

Watford nickte.

"Ich hole rasch eine Decke."

"Nein, bitte nicht ins Krankenhaus... es... es geht mir gut, Sir. - Es ist gar nichts, es geht mir gut..." brachte Noah stockend hervor.

Caine runzelte die Stirn.

"Was ist passiert, Noah? Versuche dich jetzt bitte zu beruhigen, und erzähle es mir. - Du bist verletzt, und ich muss jetzt genau wissen, wie das passiert ist und wo es dir weh tut, damit ich dir helfen kann."

Watford brachte eine Wolldecke, und Caine wickelte den Jungen fürsorglich darin ein.

Noah beruhigte sich ein wenig. Mit unsicherer Stimme begann er mühsam zu erzählen:

"Ich habe auf dem Baum gesessen und gelesen..., dann ist Professor Alexander vorbei gekommen und hat mit mir geschimpft... Er hat gesagt, dass es nicht erlaubt wäre, auf den Bäumen im Park herumzuklettern..." Noah schniefte. "Er hat gesagt, dass ich sofort herunterkommen müsste... Als ich vom Baum herunterklettern wollte..., da habe ich aus Versehen das Buch fallen lassen - es war aber bestimmt keine Absicht!" beteuerte Noah. "Aber der Professor hat dann noch mehr mit mir geschimpft, und hat mit seinem Stock nach mir geschlagen und an meinem Bein gezogen... Da bin ich dann vom Baum gefallen, und bin mit meinem Gesicht irgendwo aufgeschlagen..." Noah schluchzte auf. " Und dann... dann hat der Professor mich gepackt, und geschüttelt und mich... geschlagen..."

Caine seufzte. Er fasste Noah sanft bei den Schultern und sah ihm eindringlich in die Augen.

"Es tut mit unendlich leid, dass das alles passiert ist, Noah. - Wir werden uns später noch darüber unterhalten. Aber jetzt möchte ich, dass du mir ganz genau sagst, wo du dich verletzt hast."

Noah schluckte. Er schien zu spüren wie besorgt der Professor war.

"Ich glaube, dass etwas mit meinen Zähnen nicht in Ordnung ist - es tut dort weh, und es hat auch geblutet - meine Nase hat auch geblutet. Dann tut mir noch das Knie weh, und mein rechter Fuß. - Am Anfang hab ich das mit dem Fuß nicht so gemerkt, aber jetzt schon."

Caine fuhr Noah liebevoll durchs Haar.

"Das kriegen wir schon wieder hin, mein Junge."

Watford hatte inzwischen eine Schale mit Wasser, ein sauberes Handtuch und Jodtinktur organisiert.

"Danke, James."

Nachdem Caine das Handtuch angefeuchtet hatte, begann er vorsichtig das getrocknete Blut aus Noahs Gesicht zu wischen. Der Junge zuckte zusammen, hielt aber ansonsten still. Danach krempelte Caine Noahs Hosenbein hinauf, und inspizierte das verletzte Knie, das eine halb verkrustete Platzwunde aufwies.

"Wo bewahrst du deine Arzttasche auf?" erkundigte sich Watford." Ich könnte sie dir bringen."

Caine blickte kurz auf.

"Oh, das wäre großartig, James." Caine griff in seine Jackettasche. "Hier ist der Schlüssel zu meinem Büro in der medizinischen Fakultät. In dem Fach, links von meinem Schreibtisch, befindet sich ein schwarzer Koffer. Da dürfte alles drin sein, was ich hier benötige."

"Bin schon unterwegs..." mit diesen Worten steuerte Watford auf die Ausgangstür zu.

Caine war inzwischen dazu übergegangen, das geronnene Blut, das sich rund um die Platzwunde an Noahs Knie befand, abzuwaschen. Noah hielt tapfer still.

"Die Wunde werde ich gründlich mit Jod desinfizieren müssen", sagte Caine. Nach kurzem Zögern fügte er hinzu: "Das wird leider ein bisschen weh tun, Noah."

Der Junge schluckte.

"Ja, das weiß ich, Sir..."

Seufzend hielt Caine Noahs Bein fest, und versorgte die Wunde mit geübter Hand. Noah krallte sich mit beiden Händen an der Tischkante fest, und ertrug die Schmerzen mit einem leisen Wimmern.

Caine war verblüfft: der sonst so ängstliche kleine Junge zeigte sich im Augenblick sehr viel tapferer, als er es erwartet hätte.

"So, mein Kleiner, dann lass mich jetzt mal deinen Fuß sehen..."

Er schnürte Noahs Schuh auf, und bereits als er den Schuh vorsichtig ausziehen wollte, begann Noah vor Schmerz zu weinen. Eine nähere Untersuchung des Fußes ergab, dass der Knöchel schmerzhaft verstaucht und geschwollen war. Noah liefen Tränen übers Gesicht.

Caine holte sein Taschentuch hervor, und trocknete damit Noahs Tränen.

"Sobald Professor Watford zurück ist, bekommst du einen Verband an deinen Fuß, und später werden wir solange Eis drauf tun, bis die Schwellung nachlässt. - Jetzt werde ich mir schnell die Hände waschen, und dann werde ich nachsehen, was mit deinen Zähnen passiert ist."

Als Caine vom Händewaschen zurückkam, brachte er eine zweite Lampe mit, die er auf dem Tisch, direkt neben Noah, abstellte.

"Es tut mir sehr leid, Sir, dass ich Ihnen so viel Ärger mache." entschuldigte sich Noah mit gesenktem Blick und zitternder Stimme.

Caine tätschelte behutsam Noahs Arm.

"Professor Alexander ist derjenige, der den Ärger gemacht hat. Du kannst nichts dafür, mein Junge. - Ich wünschte nur, du wärst nach der ganzen Geschichte zu mir gekommen, anstatt dich hier zu verstecken."

"Ich hatte Angst, dass Sie mir nicht glauben würden, Sir - und ich wollte nicht, dass Sie böse auf mich sind..." Noah war sichtlich zerknirscht.

Caine nahm Noahs Gesicht in seine Hände, und blickte dem Jungen in die Augen.

"Noah, wenn du jemals wieder in Schwierigkeiten stecken solltest, ganz egal welcher Art, dann möchte ich, dass du damit entweder zu mir oder zu Mrs. Thornton kommst. Versprichst du mir das, mein Junge?"

Noah nickte stumm.

"Gut. Dann lass mich jetzt nach deinen Zähnen sehen..."

Caine stellte fest, dass zwei von Noahs Backenzähnen beschädigt waren, und gezogen werden mussten. Ein Zahn bestand praktisch nur noch aus einem Fragment.

"Das muss wohl passiert sein, als du vom Baum gefallen bist", meinte Caine. "Es tut mir sehr leid, mein Junge, aber ich werde dir diese beiden Zähne jetzt ziehen müssen."

Noah nickte stumm.

Caine untersuchte noch vorsichtig Noahs Nase, mit der aber glücklicherweise alles in Ordnung zu sein schien.

"Hat deine Nase angefangen zu bluten, als Professor Alexander dich geschlagen hat?" wollte Caine wissen.

"Ja... ich glaube schon..." Noah musste schlucken.

Als Watford mit der Arzttasche zurückkam, assistierte er Caine bei Noahs Zahnbehandlung. Watford hielt den Kopf des Kindes, während Caine die beiden Milchzähne zog. Noah ließ die ganze Prozedur wacker über sich ergehen. Er atmete zu schnell und zu flach, doch ansonsten hielt der Junge ganz still, während ihm Tränen aus den Augenwinkeln seitlich übers Gesicht rannen. Als alles vorüber war, drückte Caine den Jungen vorsichtig an sich, um ihn zu trösten.

"Du bist der tapferste, kleine Junge den ich kenne, Noah. - Das hast du sehr gut gemacht..."

Watford lächelte erleichtert.

"Ich denke, ich werde jetzt erst einmal die weitere Suche abblasen, und die Witwe Thornton über den Stand der Dinge informieren. - Kommst du hier zurecht Homer?"

Caine nickte.

"Vielen Dank, James. Du warst mir eine große Hilfe."

Caine hielt den zitternden und erschöpften Jungen noch eine

Weile an sich gedrückt, und streichelte dabei sanft über dessen Rücken, bis Noahs Atmung sich wieder normalisiert hatte. Dann wickelte er Noah in die Wolldecke ein.

"Ich bringe dich jetzt in dein Bett, mein Kleiner." sagte Caine und nahm Noah auf den Arm.

"Ich will aber lieber alleine gehen", protestierte Noah mit schwacher Stimme, wobei ihm schon beinahe die Augen vor Müdigkeit zufielen.

Caine lächelte gütig.

"Du darfst mit dem verstauchten Knöchel nicht gehen, Noah. Mach dir jetzt keine Gedanken. Entspanne dich, alles wird wieder gut..."

Auf dem kurzen Weg zum Haus der Witwe Thornton, schlief Noah ein. Er wurde erst wieder wach, als er bereits auf seinem Bett lag, und Caine sich anschickte, Noah die Krawatte abzunehmen, und ihm das Jackett auszuziehen. Noah fuhr erschrocken aus dem Schlaf.

"Nein, nein, ich will nicht!" schrie Noah mit ungewohnt schriller Stimme auf. "Ich will das nicht!"

Caine erschrak ebenfalls.

"Was hast du denn, mein Junge?"

Noah blickte verwirrt den Professor und Mrs. Thornton an, die ebenfalls an seinem Bett stand.

"Ich will mich bitte ganz alleine umziehen, BITTE!"

Die Witwe Thornton nickte wissend.

"Ist schon gut, mein Schatz. Keine Sorge. Professor Caine und ich werden kurz vor die Tür gehen, damit du dich in Ruhe umziehen kannst."

Mrs. Thornton berührte Caine am Arm und deutete mit einer Kopfbewegung in Richtung Tür. Caine folgte der Witwe stirnrunzelnd aus dem Zimmer in den Flur. Mrs. Thornton schloss die Tür hinter sich.

"Was ist denn los, Mrs. Thornton?" fragte Caine erstaunt.

Schulterzuckend flüsterte Mrs. Thornton:

"Ich verstehe das ja auch nicht so ganz, Professor. Aber Noah reagiert immer ziemlich hysterisch, wenn ich ihm beim Umziehen oder Baden helfen will. Er besteht darauf, sich nicht helfen zu lassen und unbedingt alleine im Zimmer zu sein, wenn er sich umzieht. Wenn er badet, muss ich ihm jedes Mal mehrfach versichern, dass ich garantiert nicht ins Zimmer kommen werde. - Das Einzige wobei er sich von mir helfen lässt, ist das Binden seiner Krawatte."

Caine wusste nicht so recht, was er davon halten sollte.

"Noah ist doch noch viel zu jung, für ein derart verschämtes Verhalten..." sinnierte Caine mit gesenkter Stimme. Noch während er diesen Satz aussprach, beschlich Caine eine sehr ungute Ahnung, die eine Erklärung für Noahs Verhalten sein könnte. Doch Caine behielt diesen Gedanken für sich. Er war stets sehr vorsichtig, wenn es um das Aussprechen von Vermutungen ging. Stattdessen fragte er die Witwe Thornton, was sie dachte.

Mrs. Thornton seufzte aber nur und meinte:

"Dieser bedauernswerte Junge hat in seinem Leben schon so viel durchmachen müssen. - Ich denke, wir sollten unbedingt auf seine Gefühle Rücksicht nehmen. Besonders nach dem heutigen Tag..." Mrs. Thornton kamen die Tränen. "Ich denke, ich werde jetzt erst einmal das Eis für Noahs verstauchten Knöchel holen. Der arme Junge muss jetzt endlich zur Ruhe kommen..."

"Ja, vielen Dank Mrs. Thornton", erwiderte Caine gedankenverloren.

\*\*\*

Nachdem Noahs Fuß verarztet war, saß Caine schweigend an Noahs Bettrand, und hielt die Hand des Kindes. Noah war inzwischen wieder hellwach, und sah den Professor unsicher an.

Caine lächelte väterlich.

"Wie fühlst du dich jetzt, mein Junge?"

"Es geht mir schon viel besser, Sir."

"Das ist gut, Noah."

"Werden Sie mich jetzt ins Waisenhaus schicken, Sir?"

"Wie kommst du denn darauf?"

Noah schluckte.

"Professor Alexander hat gesagt, dass ich dorthin gehöre."

Caine schüttelte den Kopf.

"Professor Alexanders Meinung interessiert mich nicht im geringsten. - Es tut mir unendlich leid, dass ich dich nicht vor dem bewahren konnte, was heute passiert ist... aber ich verspreche dir, dass Professor Alexander dir nie wieder etwas tun wird."

"Warum hat er das getan, Sir?" fragte Noah.

Caine wog seine Worte sorgfältig ab:

"Ich weiß es nicht genau, mein Junge. - Professor Alexander ist schon ziemlich alt. - Manche Menschen werden im Alter unleidlich. Ihre körperlichen und geistigen Kräfte lassen allmählich nach, und ihre eigene Hilflosigkeit macht sie dann manchmal aggressiv."

Noah schossen Tränen die Augen.

"Aber, ich habe dem Professor doch gar nichts getan!"

"Ich weiß, mein Kleiner, ich weiß..."

Plötzlich fiel Caine noch etwas ein.

"Noah, du hast mir doch erzählt, dass Professor Alexander dich mit seinem Stock geschlagen hat. - Wo hat er dich damit getroffen?"

Noah wischte sich die Tränen aus dem Gesicht.

"Am Rücken."

"Darf ich mir das mal kurz ansehen, Noah?"

Der Junge wirkte alarmiert.

"Aber, ich will mich nicht ausziehen müssen, Sir."

"Das musst du nicht. Es reicht vollkommen, wenn du deine Pyjama Jacke ein wenig hochziehst. Meinst du, das du das kurz für mich tun kannst, mein Junge?"

Noah nickte. Er setzte sich auf und ließ Caine einen Blick auf seinen Rücken werfen.

Caine konnte die Spuren von Alexanders Misshandlung deutlich auf Noahs Rücken erkennen. Er ließ sich dem Kind gegenüber nichts anmerken, doch innerlich kochte er vor Wut über Professor Alexanders Verhalten. Er hatte den griesgrämigen und vollkommen humorlosen Theologen noch nie leiden können. Er hatte kein Recht dazu gehabt, ein kleines Kind derart zu schlagen.

"Alles wird wieder gut, mein Kleiner", beschwichtige Caine den Jungen. "Leg dich jetzt wieder hin."

Noah legte sich hin. Er musste gähnen.

"Danke, dass Sie nicht böse auf mich sind, Sir", sagte Noah leise.

"Du hast ja nichts Böses getan, Noah. Wie könnte ich da böse auf dich sein?"

Caine zog Noah die Bettdecke fürsorglich bis zum Kinn, beugte sich über den Jungen und küsste ihn auf die Stirn. Dann hielt er Noahs Hand, und blieb solange am Bettrand sitzen, bis der Junge in einen tiefen Schlaf gefallen war.

Caine musste sich selbst belächeln. Seiner ursprünglichen Absicht, Noah gegenüber lediglich als neutraler Helfer und Beobachter aufzutreten, war er bisher nicht eine Sekunde lang treu geblieben. Zurückblickend wunderte sich Caine darüber, wie er überhaupt auf die unsinnige Idee gekommen war, eine Rolle einnehmen zu wollen, für die er absolut nicht geschaffen war. Doch er brauchte nicht lange darüber nachzudenken, um sich seine anfänglichen Widerstände gegen seine eigene Natur erklären zu können: Caine hatte schon einmal ein Kind geliebt, und wieder verloren. Die Erinnerung an diesen beinahe unerträglichen Schmerz, hatte ihn ursprünglich davor zurückschrecken lassen, dieses potentielle Risiko erneut einzugehen. Doch nun war er es längst eingegangen, und während er das schlafende Kind liebevoll betrachtete, spürte er, dass er genau das Richtige tat.

*\*\**

Mrs. Thornton saß in einem Schaukelstuhl am Kamin. Neben ihr, auf einem kleinen runden Tischchen, stand eine halbvolle Tasse Tee. Auf ihrem Schoß lag eine angefangene Stickarbeit. Doch die Nadel in ihrer Hand ruhte.

"Er schläft jetzt tief und fest", sagte Caine, als er zu Mrs. Thornton an den Kamin trat.

"Gott sei Dank, geht es ihm besser..." seufzte Mrs. Thornton erleichtert. Dann fügte sie mit einem zornigen Glitzern in den Augen hinzu: "Ich hätte nicht üble Lust, diesem abscheulichen alten Kinderschreck eigenhändig seinen runzligen, starrsinnigen Hals umzudrehen!"

Caine traute seinen Ohren nicht. Er hatte die liebenswürdige, ältere Dame noch niemals ein böses Wort gegen irgend jemanden sagen hören.

"Aber Mrs. Thornton..."

"Nein, lieber Professor, versuchen Sie nicht mich zu beschwichtigen. Das mußte einfach mal gesagt werden! - Ich war früher Lehrerin, und ich habe selbst zwei Kinder großgezogen. Ich kenne mich also aus. - Noch niemals habe ich ein so braves und wohlerzogenes Kind, wie diesen Jungen erlebt. Er ist hilfsbereit, und folgsam und gibt niemals Widerworte... Und dann kommt dieser senile alte Pfaffe daher, und schlägt, und beschimpft und verletzt das arme Kind völlig grundlos."

Mrs. Thornton legte die Stickarbeit beiseite, und erhob sich von ihrem Schaukelstuhl. Dann wandte sie sich zum Kaminsims hin, wo eine hübsch gerahmte Photographie ihres verstorbenen Mannes stand. Seufzend betrachtete sie das Portrait.

"Mein Frederick hat oft gesagt, man sollte sich vor Geistlichen in Acht nehmen. Die Kirchen sind eine Brutstätte für Fanatismus. Und wer heilig tut, der ist es deshalb längst noch nicht..." Mrs. Thornton nahm die Photographie vom Kaminsims, und polierte mit ihrem Spitzentaschentuch sorgfältig den silbernen Rahmen. "Ach... dafür habe ich meinen Frederick geliebt... Er hat niemals ein Blatt vor den Mund genommen, wenn es um die Wahrheit ging." sagte sie wehmütig, aber nicht ohne Stolz.

Caine, der neben der Witwe stand, berührte sie freundschaftlich an der Schulter.

"Sie sind aber auch ziemlich gut darin", meinte er lächelnd.

"Ach..." Mrs. Thornton lächelte verlegen, und stellte sorgsam die Phototgraphie wieder hin. "Verzeihen Sie bitte diesen Ausbruch, Professor Caine! Ich weiß auch nicht, was da eben in mich gefahren ist... Die Sorge um den Jungen hat wohl meine Nerven ein wenig strapaziert."

"Machen Sie sich darüber keine Gedanken. - Ich habe mich über Professor Alexander ebenso aufgeregt wie Sie." sagte Caine. "Ich werde wegen des heutigen Vorfalls eine offizielle Beschwerde gegen Professor Alexander einreichen. - Er war ja noch nie ein besonders angenehmer Zeitgenosse, doch die Misshandlung eines Studenten ist ein klarer Verstoß gegen unsere Regeln in Ambrose. Ich werde das auf keinen Fall auf sich beruhen lassen."

"Ich bin sehr froh, das Sie das so sehen, Professor Caine."

"Ich werde morgen, gegen Mittag, nach Noah sehen, Mrs. Thornton. Sorgen Sie bitte dafür, dass der Junge so wenig wie möglich herumläuft. - Er muss seinen Fuß jetzt erst einmal schonen."

Die Witwe versicherte dem Professor dessen Anweisungen zu beherzigen, und begleitete Caine zur Tür.

"Gute Nacht, Professor! Kommen Sie gut nach Hause!"

Caine wünschte Mrs. Thornton ebenfalls eine gute Nacht, und machte sich auf den Heimweg.

\*\*\*

Homer Caine wohnte etwa eine halbe Stunde Wagenfahrt vom Ambrose College entfernt.

Nach dem Tod seiner Frau Jaqueline und seiner Tochter Anabel, hatte er die Stille und Einsamkeit eines großen Hauses, welches so voller Erinnerungen steckte, nicht mehr ertragen können. Also hatte Caine sein Haus verkauft, und war zu seiner ledigen Zwillingsschwester Helen gezogen. Nun bewohnte er gemeinsam mit ihr das ehemalige Elternhaus, welches Caines Vater einst den beiden Geschwistern zu jeweils gleichen Anteilen vererbt hatte.

Aufgrund der späten Stunde, ging Caine zu Fuß nach Hause. Es war eine klare Vollmond Nacht, und Caine genoss es die kühle Nachtluft tief einzuatmen, und dabei den Sternenhimmel zu betrachten. Er dachte an Noah, der jetzt nach all der Aufregung endlich wohlbehalten in seinem Bett lag. Noahs bange Frage: "Werden Sie mich jetzt ins Waisenhaus schicken, Sir?" klang in Caines Ohren nach. Caine fragte sich was er tun konnte, um Noah ein größeres Gefühl von Sicherheit zu vermitteln. Die ständige Angst davor, von denen die sich aus Freundlichkeit um ihn kümmerten, plötzlich fallengelassen zu werden, musste für den kleinen Jungen sehr belastend sein. Je intensiver Caine über diese Problematik nachdachte, desto deutlicher wurde ihm, dass es für ihn allmählich an der Zeit war, die Rolle, die er Noah gegenüber eingenommen hatte, endlich genauer zu definieren. Wenn er wie ein Vater fühlte -

und das tat er zweifelsohne - warum sollte er dann nicht auch Noahs Vater sein?

Zügig schritt Caine voran. Die aufkeimende Idee, Noah adoptieren zu wollen, gefiel Caine immer besser. Doch er wollte nichts überstürzen. Noch gab es einige Ungereimtheiten in Bezug auf Noahs Vergangenheit und Noahs Verhalten, die Caine erst geklärt haben wollte, ehe er Noah tatsächlich adoptierte. Darüber hinaus, würde Caine die Unterstützung seiner Schwester brauchen, um Noah ein richtiges Zuhause bieten zu können. Also beschloss Caine, seinen Plan zunächst einmal mit Helen zu besprechen, ehe er ihn ernsthaft weiterdachte.

Der Spaziergang tat Caine gut. Er spürte wie die Strapazen des vergangenen Tages allmählich von ihm abfielen. In dem selben Maße, in dem die aktuellen Ereignisse in den Hintergrund traten, kamen jedoch die Erinnerungen an frühere Zeiten...

Jaqueline und Anabel hatten sich vor fünf Jahren auf der Rückreise von Richmond nach Boston befunden, als ein fehlgeleiteter Zug frontal mit dem Zug kollidiert war, in dem auch Jaqueline und Anabel unterwegs gewesen waren. Beide Züge waren dabei entgleist, und es hatte viele Tote und Verletzte gegeben.

Caine schnürte es jedes Mal schmerzlich das Herz zusammen, wenn er daran dachte wie fröhlich sich seine Frau und die kleine Anabel damals auf dem Bahnhof in Boston von ihm verabschiedet hatten, ehe sie nach Richmond gefahren waren. Jaqueline stammte aus Richmond. Sie hatte es kaum erwarten können, endlich ihre Eltern wiederzusehen, die sie zuletzt, direkt nach Anabels Geburt, in Boston besucht hatten. Caine hatte damals, aufgrund beruflicher Verpflichtungen, nicht mitfahren können.

Während Caine nun durch die einsamen nächtlichen Straßen von Cambridge ging, sah und hörte er, was er in seinem Innersten wie einen Schatz hütete. Er sah Anabels strahlende blaue Kinderaugen und ihr blondes Haar, das im Wind flatterte. Er hörte ihr unbeschwertes, helles Kinderlachen und die sanfte Melodie, welche Jaqueline immer gesummt hatte, wenn sie glücklich gewesen war. Er konnte Jaqueline lächeln sehen... Dies waren die letzten Eindrücke, die Caine von seiner kleinen Familie geblieben waren, ehe dieses Glück unwiederbringlich zerstört worden war.

# Kapitel 6

Homer Caine war im Hause des jungen Geschichtsprofessors Benjamin Stern zu Besuch. Mrs. Stern goss gerade Tee ein, und die beiden älteren Stern Kinder, ein fünf- und ein siebenjähriges Mädchen, spielten vergnügt im Nebenzimmer. Der jüngste Stern Spross war erst wenige Wochen alt, und schlief friedlich in seiner Wiege, die von Mrs. Stern nicht aus den Augen gelassen wurde. Caine genoss die warme und familiäre Atmosphäre bei den Sterns.

Professor Stern lehrte erst seit einem Jahr am Ambrose College. Zuvor war er als Assistenzprofessor an einem New Yorker College tätig gewesen.

Da Caine und Stern an verschiedenen Fakultäten lehrten, hatten die beiden Professoren bislang beruflich nicht sehr viel miteinander zu tun gehabt. Auch privat hatte es kaum Anknüpfungspunkte gegeben. Doch nachdem Caine die Verantwortung für Noah übernommen hatte, war er ratsuchend auf Professor Stern zugegangen, von dem er wusste, dass er ein gläubiger Jude war. Caines Unsicherheit hatte darin bestanden, dass ihm zunächst ziemlich unklar gewesen war, wie die religiöse Erziehung eines jüdischen Kindes in einem christlichen Haushalt aussehen sollte. Professor Stern hatte es jedoch verstanden, Caines anfängliche Bedenken rasch zu zerstreuen.

Man war schnell übereingekommen, dass Noah die Freitag Abende jeweils bei den Sterns verbringen sollte, um mit ihnen den Sabbat feiern zu können. Das gleiche galt für alle weiteren jüdischen Feiertage.

Noah war sehr gerne bei den Sterns, und hatte sich mit der älteren Stern Tochter, Mirjam, angefreundet. Da die Sterns glücklicherweise in der Nachbarschaft der Witwe Thornton lebten, waren die Besuche bei der Familie inzwischen zu einem festen Bestandteil von Noahs Alltag geworden.

"Haben Sie eigentlich schon einmal darüber nachgedacht, Noah zu adoptieren?" fragte Stern unvermittelt.

Caine horchte auf.

"Oh ja, das habe ich tatsächlich schon getan. - Allerdings habe ich mir noch keinerlei konkrete Gedanken zu dem Thema gemacht. - Vermutlich ist es ohnehin viel zu früh, um diesen Schritt ernsthaft in Erwägung zu ziehen..."

Professor Stern schob eine Schale mit duftendem Gebäck in Caines Richtung.

Stern hatte auffällig blaue Augen. Mit diesen Augen und seinem blonden Haar widersprach er jedem gängigen Klischee darüber, wie Nichtjuden sich gemeinhin das Aussehen eines Juden vorzustellen pflegten.

"Weshalb denken Sie, dass es noch zu früh dazu ist, Professor Caine?" fragte Stern beiläufig nach, während er vorsichtig an seinem heißen Tee nippte.

Caine seufzte schwer.

"Es gibt da noch so viele Ungereimtheiten... Noah verbirgt etwas vor mir, da bin ich mir ganz sicher. Er schweigt beharrlich über seine Vergangenheit, und ich denke oft, dass er mir nicht wirklich vertraut. Ich denke manchmal sogar, dass er sich ein wenig vor mir fürchtet..."

Professor Stern und seine Frau tauschten, über den Esstisch hinweg, bedeutsame Blicke aus.

"Ach, wissen Sie, Professor Caine", begann Mrs. Stern mit ihrer weichen, ruhigen Stimme. Sie war eine sympathische, zierliche junge Frau von Mitte zwanzig. "Kinder erzählen ihre Sorgen nicht immer den Erwachsenen, weil sie sich von ihnen oft nicht verstanden fühlen. Aber dafür vertrauen sie sich anderen Kindern an..." Mrs. Stern lächelte. "Erst neulich habe ich zufällig mitangehört, wie Noah sich mit Mirjam unterhalten hat. Er hat zu ihr gesagt, dass er sich wünschte, Sie wären sein Vater... Aber er scheint zu denken, dass das vollkommen unmöglich wäre. Er hat gesagt, dass mit ihm etwas nicht stimmen würde, und Sie ihn deshalb niemals richtig gern haben könnten."

Caine war verblüfft.

"Das hat er gesagt?"

Mrs. Stern nickte.

"Aber, was kann er nur damit gemeint haben?" wunderte sich Caine.

Das Baby wurde wach, und begann leise zu wimmern. Mrs. Stern nahm es liebevoll aus der Wiege, entschuldigte sich, und ging mit ihm ins Nebenzimmer.

"Sie sollten versuchen das herauszufinden, Professor", sagte Stern ernst. "Noah mag Sie sehr, und es wäre gut für ihn wenn er genau wüsste, zu wem er gehört. - Der Junge kommt mir ein wenig verloren vor... Es gibt zwar viele wohlmeinende Menschen, die sich seiner annehmen, aber das ist natürlich etwas anderes, als eine eigene Familie zu haben." Stern beugte sich leicht nach vorne, und blicke Caine eindringlich an. "Ich habe diesen Fall neulich mit unserem Rabbi diskutiert. - Ich habe ihm Noahs Geschichte erzählt, und ich habe ihm geschildert, wie sehr Sie sich für den Jungen einsetzen. - Möchten Sie wissen, was der Rabbi geraten hat?" Stern lehnte sich mit einem zufriedenen Lächeln wieder in seinem Sessel zurück.

Aus Sterns Gesichtsausdruck, und dem bisherigen Gesprächsverlauf, konnte Caine schließen, dass es wohl etwas Positives gewesen sein musste, was der Rabbi zu sagen gehabt hatte. Trotzdem war Caine nun gespannt.

"Aber ja, das interessiert mich sehr", ließ er Stern wissen.

Professor Stern räusperte sich.

"Also, der Rabbi meinte folgendes: sofern Sie das Kind lieben, als ob es Ihr eigenes wäre, und Sie ihm das bieten, was Sie auch Ihrem eigenen Kind bieten würden, spricht grundsätzlich nichts gegen eine Adoption. Allerdings müssten Sie dazu bereit sein zu akzeptieren, dass Ihr Kind mit einem anderem Glauben, als Ihrem eigenen, aufwachsen würde. - Außerdem müssten Sie dafür Sorge tragen, dass Noah eine angemessene religiöse Bildung und Erziehung erhält... Die jüdische Gemeinde würde Sie darin selbstverständlich gerne unterstützen."

"Das scheint ja eine ziemlich ausführliche Unterhaltung gewesen zu sein, die Sie da mit dem Rabbi geführt haben, Professor Stern." meinte Caine verschmitzt. Er hatte inzwischen begriffen, dass den Sterns anscheinend so etwas wie eine glückliche Vater-Kind Zusammenführung vorschwebte. Daher hatten sie ihn wohl auch ganz bewusst darum gebeten, Noah ausnahmsweise nicht zu ihrer heutigen Einladung zum Nachmittagstee mitzubringen. Es schien sich um ein freundliches Komplott zu handeln.

Als hätte Professor Stern Caines Gedanken erraten, sagte er plötzlich:

"Ich hatte lange darüber nachgedacht, ob es mir überhaupt zusteht, mich in diese Angelegenheit einzumischen. Doch dann habe ich befunden, dass eine rein theoretische Auseinandersetzung mit einem Problem ja noch lange keine Einmischung darstellen muss, sondern ebenso gut als reiner Denkanstoß angesehen werden kann..."

Caine nickte zustimmend. Es störte ihn nicht, dass sich die Sterns über Noahs Zukunft Gedanken machten. Schließlich hatten sie regelmäßig mit dem Jungen zu tun, und sie meinten es ja wirklich gut. Doch Caine fühlte sich verunsichert.

"Ich bin Ihnen dankbar dafür, dass Sie das Thema Adoption zur Sprache gebracht haben, Professor Stern. - Es beschäftigt mich durchaus. Ich weiß leider nur nicht so genau, ob die Zeit dafür bereits reif ist... Denken Sie denn, dass ich Noah ein guter Vater sein würde?"

Stern stellte seine Teetasse ab, dann blickte er Caine mit einem Lächeln in den Augen an.

"Ich denke, Sie wären ein idealer Vater für Noah. - Ich habe Sie als einen sehr toleranten Menschen kennengelernt, dem es keinerlei Mühe bereitet, verschiedene Anschauungen harmonisch nebeneinander existieren zu lassen. - Und Noah wurde mit einem so vortrefflichen Verstand gesegnet, dass er auch in einem Wald voller verschiedener Ideen, das für ihn Wesentliche dennoch nicht aus den Augen verlieren wird. - Sie und der Junge würden sich vermutlich gegenseitig inspirieren. - Außerdem haben Sie doch schon längst die Vaterrolle für den Jungen übernommen. Warum sollten Sie Noah dann nicht richtig adoptieren? Er spricht fast unentwegt von Ihnen, wenn er bei uns ist, und Sie sind ständig um sein Wohlergehen besorgt. - Sie beide scheinen also zusammen zu gehören."

Stern lachte amüsiert.

"Professor Caine, Sie haben sich um Noahs Willen mit all unseren jüdischen Traditionen auseinandergesetzt... Inzwischen kennen Sie sich besser damit aus, als so mancher meiner Glaubensbrüder."

Caine stimmte in das Lachen mit ein. Er war ein wenig verlegen geworden.

"Nun ja, das Wohlergehen des Jungen liegt mir eben wirklich sehr am Herzen."

"Und genau darauf kommt es schließlich an." meinte Stern, während er Caine eine weitere Tasse Tee eingoss.

***

Sonntag Abend saß Caine auf dem Kanapee in seinem behaglichen Wohnzimmer, und starrte gedankenverloren in das prasselnde Kaminfeuer. Er dachte an seine verstorbene Frau und daran, wie sehr sie ihm als Partnerin und Ratgeberin fehlte.

Es gab Momente, in denen sich Caine nicht nur einsam, sondern regelrecht unvollständig fühlte. Er fragte sich nun ob er, der dieses nagende Gefühl von Unvollständigkeit in sich trug, tatsächlich ein Kind adoptieren sollte. Kinder brauchten Mutter und Vater. Ein Elternteil allein, konnte zwar im Notfall ausreichend sein, aber da Caine selbst ohne Mutter aufgewachsen war, kam es ihm nicht wirklich richtig vor, ein Kind von vorneherein einer solchen Situation auszusetzen. Caine hatte einen liebevollen Vater und eine durchaus glückliche Kindheit gehabt, aber dennoch hatte er als Kind oft schmerzlich die Mutter vermisst.

Caine war so tief in seine Gedanken versunken, dass er erschrak, als seine Schwester zu ihm trat. Sie legte ihm fürsorglich ihre rechte Hand auf die Schulter.

"Was bedrückt dich, Homer?" fragte Helen besorgt.

Homer und Helen Caine standen sich als Zwillinge besonders nahe. Die Geschwister hatten, vom allerersten Atemzug an, fast alle wichtigen Kindheitserfahrungen miteinander geteilt. Ihre Mutter war einst an Komplikationen während ihrer zweiten Schwangerschaft verstorben, zusammen mit dem noch ungeborenen Kind. Die Zwillinge waren damals gerade alt genug gewesen, um halbwegs begreifen zu können, dass die geliebte Mutter nie mehr zu ihnen zurückkehren würde. Diese schwere Zeit hatte sie zusätzlich zusammengeschweißt. Homer und Helen Caine waren sich seitdem gegenseitig stets eine große Stütze gewesen.

Helen Caine war eine überaus gebildete und selbstbewusste Frau, die jahrelang auf einem Mädchen College unterrichtet hatte. Der Tod des Vaters, vor zehn Jahren, hatte sie zu jener Zeit in eine tiefe Sinnkrise gestürzt. Damals hatte Helen beschlossen, ihrem bisherigen Leben den Rücken zu kehren, um sich endlich voll und ganz ihrer großen Leidenschaft, dem Schreiben, hingeben zu können. Inzwischen war sie zu einer recht erfolgreichen Schriftstellerin geworden, und gab außerdem noch eine eigene Zeitung heraus.

Obwohl sie in ihrer Jugend zahlreiche Verehrer gehabt hatte, hatte sich Helen nie auf einen festlegen wollen. Sie liebte ihre Ungebundenheit und das Gefühl von Freiheit, das sich daraus für sie ergab. Helen war eine überzeugte Frauenrechtlerin. Abgesehen von ihrem Bruder, den sie für eine positive Ausnahmeerscheinung hielt, begegnete sie den Männern im allgemeinen mit unverhohlener Skepsis.

Caine massierte sich mit leicht kreisenden Bewegungen die Schläfen, so als ob er Kopfschmerzen hätte.

"Professor Stern hat mir heute Nachmittag dazu geraten, Noah zu adoptieren", sagte er. "Ich selbst habe auch schon mehr als einmal darüber nachgedacht... Ich wollte dieses Thema eigentlich auch schon längst mit dir besprechen, doch dann habe ich es immer wieder aufgeschoben..."

Helen setzte sich auf das Kanapee neben ihren Bruder, und musterte ihn aufmerksam von der Seite.

Sie war eine schlanke, recht großgewachsene Frau mit kunstvoll hochgestecktem, silbernem Haar und einem reizvollen Gesicht, dem die Zeit und das Leben zwar die ein oder andere Falte eingraviert hatten, das jedoch dadurch nicht an Schönheit verloren, sondern allenfalls an Lebhaftigkeit gewonnen hatte. Sie besaß die gleichen sanften, brauen Augen wie ihr Bruder.

"Noah adoptieren zu wollen, ist eine ganz wundervolle Idee, Homer." sagte Helen mit ruhiger Stimme. "Ich hatte zwar leider bisher noch nicht das Vergnügen, Noah persönlich kennen lernen zu dürfen, doch du hast mir schon so viel von ihm erzählt, dass ich beinahe das Gefühl habe, ihn bereits gut zu kennen. - Wenn du ein Kind adoptieren möchtest, dann werde ich dich dabei voll und ganz unterstützen. - Aber das ist es gar nicht, weswegen du dir Sorgen machst, nicht wahr, mein Bruderherz?"

Caine nickte zerknirscht. Er griff nach der Hand seiner Schwester.

"Ich weiß, dass ich mit deiner Unterstützung rechnen kann, wofür ich dir auch überaus dankbar bin, aber im Augenblick bräuchte ich eher deinen Rat."

Helen nickte stumm.

Caine ließ die Hand seiner Schwester wieder los, und fasste sich sorgenvoll an die Stirn.

"Ich empfinde für dieses Kind wie ein Vater, das ist mir längst klar geworden. Aber obwohl ich deutlich spüre, dass Noah mich ebenfalls mag, und gerne seine Zeit mit mir verbringt, vertraut er mir nicht richtig. - Da ist so eine Art unsichtbarer Barriere zwischen mir und dem Jungen, die ich mir nicht richtig erklären kann. Es kommt mir beinahe so vor, als ob Noah krampfhaft eine Art von Fassade aufrecht zu erhalten versucht. - Seit ich ihn kenne, habe ich mich angestrengt, hinter diese Fassade zu blicken, doch es gelingt mir einfach nicht... Mein Herz sagt mir, dass ich Noah adoptieren sollte, aber mein Verstand hält mich noch davon ab."

Helen besann sich einen Augenblick, dann sagte sie:

"Wenn du meinen Rat hören willst, so will ich ihn dir gerne erteilen. Allerdings sollte dir dabei klar sein, dass ich Noah nicht kenne, und mein Rat daher nur ein unvollständiger Rat sein kann."

"Es ist mir trotzdem sehr wichtig zu hören, was du dazu zu sagen hast, Helen. Eigentlich hätte ich dich schon viel früher danach fragen sollen."

Helen nickte ernst.

"Homer, du wünscht dir von dem Jungen, dass er dir die Tür zu seinem Herzen weit öffnen soll, während du selbst die Tür zu deinem eigenen Herzen nur einen kleinen Spalt breit öffnest... Wenn du dieses Kind adoptieren möchtest, dann solltest du es mit nach Hause nehmen, und ein Teil deines Lebens werden lassen. Solange du Noah nicht deutlicher spüren lässt, was er dir bedeutet, solange wird Noah sich dir gegenüber auch nicht öffnen. Warum sollte er auch?"

Caine erhob sich seufzend und ging zum Fenster. Er blickte auf die beinahe menschenleere, winterliche Straße hinaus. Draußen war es klirrend kalt.

"Es ist nicht nur, dass Noah sich mir gegenüber nicht genügend öffnen würde, da ist noch irgend etwas anderes... Ich kann es nur nicht richtig benennen. Da ist so eine Art Diskrepanz in Noahs Verhalten. - Ich meine abgesehen davon, dass er ein kleines Genie ist. - Es ist aber nicht nur sein Verhalten, ich sehe es auch manchmal in seinem Gesicht... Obwohl ich nicht die leiseste Ahnung habe, was ich da in seinem Gesicht wahrnehme, irritiert es mich..." Caine seufzte abermals. "Ich glaube ich rede wirres Zeug..." Er wandte sich vom Fenster ab und sah seine Schwester an, die noch immer auf dem Kanapee saß.

"Ach, mein lieber Bruder... In all den Jahren, die wir uns nun schon kennen, habe ich dich noch nie wirres Zeug reden hören. - Na ja, abgesehen von dem einen Mal, als du als Siebzehnjähriger die Wirkung von Alkohol im Selbstversuch erproben wolltest..." Helen musste grinsen, "aber das ist eine andere Geschichte... Wenn dich also etwas irritiert, dann wird das vermutlich schon seine Berechtigung haben..."

Caine setzte sich auf den Sessel gegenüber vom Kanapee, so dass er seiner Schwester in die Augen blicken konnte.

"Helen, ich habe beschlossen, einen Detektiv zu engagieren. Er soll mir dabei helfen, ein wenig Licht in Noahs Vergangenheit zu bringen." Caine zog eine Photographie aus der Innentasche seines Jacketts. "Ich habe neulich diese Portraitaufnahme von Noah machen lassen - angeblich als Weihnachtsgeschenk für Mrs. Thornton. - Aber ehe diese Photographie gerahmt unter dem Christbaum liegt, möchte ich einen guten Detektiv damit nach New York schicken. Er soll sämtliche Waisenhäuser und das jüdische Viertel damit abklappern. Vielleicht gelingt es ihm, etwas über Noahs Vergangenheit herauszufinden. - Ich denke, dass Noah von irgendwo weggelaufen ist. Er hat sehr große Angst davor, dass ich ihn ins Waisenhaus schicken könnte, also vermute ich, dass Noah aus einem Waisenhaus weggelaufen ist. - Wenn dem so sein sollte, wäre ich froh, denn dann könnte ich Noah guten Gewissens adoptieren. Wenn es aber nicht so sein sollte, und sich etwas anderes herausstellt, dann muss ich das wissen, ehe ich Noah endgültig in mein Leben lasse... Ich würde es nicht verkraften, noch einmal ein Kind zu verlieren - nicht noch einmal..."

Helen nickte verständnisvoll, doch ihr Blick war skeptisch.

"Ich kann dir einen guten Detektiv empfehlen. - Ich hoffe nur, dass das was er herausfinden wird, dir und Noah tatsächlich weiterhilft. Wir wissen nicht, wovor dieses Kind weggelaufen ist. Aber was es auch war: es kann auf keinen Fall etwas Gutes gewesen sein... Wenn du die Büchse der Pandora erst geöffnet haben wirst, gibt es kein Zurück mehr. Vielleicht taucht dann irgendein sadistischer Verwandter von dem Jungen auf, der ihn von Ambrose wegholen und ihn quälen wird, und dann wirst du nicht mehr das Geringste dagegen tun können, Homer. - Die Wahrheit kann manchmal eine gute Sache sein, aber eben nur manchmal."

Caine nickte betrübt.

# Kapitel 7

Der Anruf hatte ihn sehr viel schneller erreicht, als Caine erwartet hätte.

Es war erst drei Wochen her, seitdem Caine einen Detektiv damit beauftragt hatte, etwas über Noahs Vergangenheit herauszufinden. Nun war Caine aufgewühlt. Von "bemerkenswerten Neuigkeiten" und einem "sehr vertrauenswürdigen Zeugen" hatte der Detektiv, Barnaby Higgins, am Telephon gesprochen. Mehr hatte er, aus Gründen der Diskretion, am Telephon nicht preisgeben wollen. Higgins befand sich nun auf der Rückreise von New York nach Boston. Der Zeuge, der angeblich etwas über Noahs Vergangenheit wusste, begleitete Higgins. Caine rechnete damit, dass beide am Nachmittag des folgenden Tages in Cambridge eintreffen würden.

Seit dem Unfalltod seiner Frau und seiner Tochter, hatte Caine nicht mehr gebetet. Nun war ihm plötzlich nach einem Gebet zumute. Doch er betete nicht. Stattdessen horchte er in sich hinein und bemerkte, wie groß seine Angst davor war, Noah zu verlieren. Er hoffte inständig, Higgins würde ihm gute Nachrichten überbringen. Aber Caine wusste, dass es auch durchaus anders sein konnte.

Schwermütig warf Caine einen Blick auf seine Taschenuhr. Es war bereits sieben Uhr abends, und er saß noch immer in seinem Büro in der medizinischen Fakultät. Spontan beschloss er, der Witwe Thornton noch einen kurzen Besuch abzustatten, ehe er sich auf den Heimweg machte. Er hatte das Bedürfnis Noah zu sehen.

\*\*\*

"Ach, was für eine nette Überraschung!" begrüßte Mrs.

Thornton den Professor an der Tür. "Noah ist gerade erst zu Bett gegangen. Ich erlaube ihm immer noch eine halbe Stunde im Bett zu lesen, ehe ich endgültig das Licht lösche. - Gehen Sie nur zu ihm hinauf, lieber Professor. Noah freut sich bestimmt über Ihren Besuch."

Caine lächelte gequält.

"Vielen Dank, Mrs. Thornton. - Ich wollte Noah nur eine Gute Nacht wünschen. Diese Woche hatte ich leider nicht sehr viel Zeit, mich um den Jungen zu kümmern. - Um ehrlich zu sein, vermisse ich den kleinen Kerl ein wenig..."

Mrs. Thornton betrachtete den Professor sorgfältig, und kräuselte dabei leicht die Stirn.

"Ist alles in Ordnung, Professor Caine? Sie sehen so besorgt aus..."

Caine antwortete zögerlich:

"Ich weiß es nicht, Mrs. Thornton... Ich hatte Ihnen doch von dem Detektiv erzählt, den ich beauftragt hatte etwas über Noah herauszufinden... Er scheint etwas herausgefunden zu haben. - Ich weiß allerdings noch nicht, worum es sich dabei handelt. - Morgen Abend werden wir wohl mehr wissen."

Mrs. Thornton faltete ihre Hände vor der Brust.

"Hoffentlich sind es gute Nachrichten..."

"Ja, Mrs. Thornton, hoffentlich...."

\*\*\*

Als der Professor, nach kurzem Klopfen, das schwach beleuchtete Zimmer betrat, blickte Noah erst erstaunt von seinem Buch auf, doch dann lächelte er erfreut. Seine Zahnlücke im Unterkiefer wurde dabei sichtbar. Er saß im Schein der Nachttischlampe, an zwei dicke Kopfkissen gelehnt, aufrecht in seinem Bett. Er hielt seinen Plüschbären im Arm, und ein dickes Buch lag aufgeschlagen vor ihm auf der bunt gemusterten Bettdecke.

Caine lächelte liebevoll, und setzte sich auf die Bettkante. Er strich Noah durchs Haar.

"Na, wie geht es Dir, mein Kleiner?"

"Es geht mir gut, Sir."

"Was liest Du denn da?"

Noah ließ Caine einen genaueren Blick auf das Buch werfen. "Das ist ein Buch über Insekten, Sir. - Professor Watford hat es mir gegeben..." Noah betrachtete einen Augenblick lang das Gesicht des Professors, dann hielt er verunsichert inne. "Sind Sie vielleicht böse auf mich, Sir?" fragte er zögerlich. Noah wirkte alarmiert.

Caine lächelte beschwichtigend.

"Aber nicht doch, Noah. Wie kommst du denn darauf?"

Noah zuckte hilflos mit den Schultern.

"Ich weiß nicht, Sir... Sie sehen irgendwie so aus, als ob Sie es wären..."

Caine tätschelte leicht Noahs Wange. Er wusste, dass es zwecklos war, vor dem sensiblen Jungen seine Gefühle verbergen zu wollen. Also besann sich Caine darauf, Noah gegenüber einige seiner Gefühle zu offenbaren.

"Ich bin nicht böse auf dich, Noah. Aber ich bin etwas besorgt... Weißt du, mein Kleiner, ich habe dich inzwischen sehr lieb gewonnen, und es macht mir manchmal ein wenig zu schaffen, dass du mir nicht richtig vertraust. - Ich mache mir Sorgen um dich, und es macht mich auch ein bisschen traurig..."

Noah schluckte, und starrte den Professor entgeistert an. Caines Worte schienen Noah offenbar tief getroffen zu haben.

"Es ist nicht gut, wenn Sie meinetwegen traurig sind, Sir... das haben Sie nicht verdient..." Noah stiegen Tränen in die Augen. Er senkte beschämt den Blick. "Vielleicht sollten Sie mich lieber wegschicken, Sir. - Ich habe es nämlich gar nicht verdient, dass Sie so gut zu mir sind." Einige Tränen kullerten lautlos über Noahs Wangen. Er drückte das Stofftier fester an sich, und wischte sich verstohlen die Tränen aus dem Gesicht. "Ich werde schon zurechtkommen, Sir, wenn Sie mich ins Waisenhaus schicken.... Es ist dort nämlich gar nicht so schlimm... und ich bin ja auch schon groß..."

Caine brach es fast das Herz, den Jungen so reden zu hören, und wie ein Häufchen Elend im Bett sitzen zu sehen. Nun bedauerte er es sehr, das Thema überhaupt zur Sprache gebracht zu haben.

"Ach Noah, mein Kleiner, ich habe dich doch lieb, und ich werde, sofern es in meiner Macht steht, immer versuchen dir beizustehen. Ganz gleichgültig, ob du mir nun vertraust oder nicht." Caine hob Noahs Kinn ein wenig an, um dem Jungen in die Augen sehen zu können. Als er spürte, dass der Junge nicht versuchte sich ihm zu entziehen, wagte es Caine etwas auszusprechen, das er schon lange vermutete: "Du warst schon einmal im Waisenhaus, nicht wahr, Noah?"

Noah schluckte und nickte stumm.

Ermutigt von Noahs Reaktion, sprach Caine eine weitere Vermutung aus:

"Und es war dort sehr schlimm für dich, nicht wahr, mein Kleiner? - So schlimm, dass du weggelaufen bist, und stattdessen lieber auf der Straße gelebt hast?"

Noah kamen abermals die Tränen.

"Ja, Sir. Es war dort sehr schlimm..."

Caine ließ nicht locker:

"Und du hattest so große Angst davor, wieder dorthin zurückgeschickt zu werden, dass du niemandem erzählen wolltest, dass du im Waisenhaus gewesen bist, nicht wahr, Noah?"

"Ja, Sir", gab Noah kleinlaut zu.

Der Professor nickte mitfühlend.

"Was haben sie dir dort angetan, Noah?" Caine nahm Noahs

zitternde Hand in die seine. "Es wird dir leichter ums Herz, wenn du es mir erzählst, Noah. - Du wirst sehen..." sagte Caine mit sanfter Stimme.

Noah zögerte sehr lange, und sah den Professor dabei mit seinen großen Augen hilflos und stumm an. Schließlich senkte er beschämt den Blick und begann, zu Caines großem Erstaunen, mit leiser Stimme stockend zu erzählen:

"Mein allerbester Freund war gestorben... Joshua... Er hatte sich um mich gekümmert..., aber dann wurde er sehr krank und ist gestorben..., und jemand hat mich ins Waisenhaus gebracht... Ich hatte Joshua so sehr vermisst... Er war doch mein einziger bester Freund auf der ganzen Welt gewesen..." Noah begann zu schluchzen und konnte nur mühsam weitersprechen. "Sie haben einen dort immer... in ganz kaltem Wasser... untergetaucht, wenn man geweint hat..., und tagelang in den Kohlenkeller eingesperrt..., und dann haben sie einen... geschlagen, weil man sich dort schmutzig gemacht hat..., und wenn man den Fußboden nicht sauber genug geschrubbt hat, dann hat man nichts zu essen bekommen..., und dann bin ich von dort weggelaufen..." Noah wimmerte leise, und schmiegte sich schutzsuchend an Caine an. Es war das allererste Mal, dass Noah dem Professor so deutlich zu verstehen gab, dass er getröstet werden wollte.

Caine war sehr gerührt. Er nahm Noah in den Arm, und versuchte das zitternde Kind zu beruhigen.

"Was hast du getan, nachdem du aus dem Weisenhaus weggelaufen warst?" fragte Caine, als Noahs Schluchzen ein wenig nachgelassen hatte.

"Ich... ich habe ganz viele schlimme Dinge getan... Sie werden mich bestimmt nicht mehr gern haben, wenn ich Ihnen das erzähle..." Noah schlug sich beschämt beide Hände vors Gesicht.

"Noah, du warst damals doch gerade mal vier Jahre alt. - Was immer du getan hast, kann nicht wirklich etwas Schlimmes gewesen sein. - Weißt du, schlimme Taten werden von bösen Erwachsenen begangen, aber niemals von so kleinen Kindern..."

Noah nahm langsam seine Hände aus dem Gesicht, und sah den Professor mit großen Augen an.

"Sind Sie da ganz sicher, Sir?" fragte er unsicher nach.

Caine lächelte.

"Ja, da bin ich mir absolut sicher."

"Und ab wann ist man kein kleines Kind mehr?" wollte Noah wissen.

Caine überlegte kurz.

"Hmh, ich würde sagen, mit dem Beginn der Pubertät, verändert sich das Kindsein. - Aber das passiert natürlich nicht über Nacht. Es dauert mehrere Jahre, bevor aus einem kleinen Kind, ein etwas größeres Kind geworden ist..."

Noah lehnte sich wieder in seine Kissen zurück, und drückte seinen Plüschbären an sich. Er wirkte plötzlich sehr nachdenklich.

"Ich bin aber nicht so, wie andere Kinder... Vielleicht kann jemand wie ich, schon viel früher böse Dinge tun, als andere..." Noah kamen abermals die Tränen. Er verkroch sich beschämt tief unter seiner Bettdecke, so dass von ihm kaum mehr, als eine leichte Wölbung in der Mitte des Bettes, zu sehen war.

"Noah, du magst sehr viel klüger sein, als andere Kinder in deinem Alter, aber deine Gefühle unterscheiden sich deshalb nicht von denen anderer Kinder... Rede dir nicht ein, dass du anders bist, mein Junge."

Noah erwiderte nichts.

Caine starrte eine Zeit lang unschlüssig auf die reglose kleine Gestalt unter der Bettdecke. Gerade als er dazu ansetzen wollte etwas zu sagen, rührte sich Noah.

"Ich werde es Ihnen erzählen, Sir... was ich getan habe..." kam

Noahs Stimme, leicht gedämpft, unter der dicken Bettdecke hervor.

"Ich bin für dich da, mein Junge", sagte Caine schlicht. "Du brauchst dich nicht vor mir zu verstecken."

"Ich schäme mich aber so sehr", sagte Noah. "Ich kann es Ihnen nicht erzählen, wenn Sie mich dabei ansehen."

Milde lächelnd erwiderte Caine:

"Also gut, wenn du dich dabei wohler fühlst, dann bleib wo du bist."

Nach kurzem Zögern begann Noah schließlich zu erzählen:

"...Als neue Kohlen geliefert wurden, da konnte ich aus dem Kohlenkeller im Waisenhaus entwischen... Dann habe ich mich auf dem Wagen von dem Kohlelieferanten versteckt, und bin mit ihm so lange mitgefahren, bis er vor einer Gaststätte angehalten hat. Dort bin ich wieder vom Wagen runter... Es war draußen schon dunkel geworden, und es war so kalt... Zwischen zwei Häusern waren dort Wäscheleinen gespannt, und weil mir so kalt war, habe ich dann ein Paar Sachen von der Wäscheleine gestohlen, und sie angezogen... Dann habe ich mich zwischen den Mülltonnen versteckt, und gewartet, bis es hell wurde... Am nächsten Morgen bin ich in eine große öffentliche Bibliothek gegangen, um mich aufzuwärmen. Aber dort wollte man mich hinauswerfen, weil ich so schmutzig war... Da war aber eine freundliche ältere Dame, die hat mich nach meinen Eltern gefragt, und ich habe gelogen, und habe ihr erzählt, dass meine Eltern verreist wären. - Das hat sie mir wahrscheinlich nicht geglaubt, aber sie hat mich dann mit zu sich nach Hause genommen, und ich durfte baden, und sie hat mir etwas zu essen gegeben... Doch dann wollte sie mich zur Polizei bringen... Aber ich konnte weglaufen, und danach habe ich mich in einer anderen Bibliothek versteckt... Tagsüber habe ich dort viele Bücher gelesen, und abends habe ich mich versteckt, und dort einschließen lassen. - Drei Monate lang, war ich dort... Aber es gab dort natürlich nichts zu essen..., und deshalb habe ich etwas sehr Schlimmes getan... Ich bin jede Nacht in einen kleinen Gemischtwarenladen eingestiegen - durch die Hundeklappe. Der Hund, der dort Wache gehalten hat, war aber ganz lieb, und hat mir nichts getan..., und dort habe ich etwas zu essen gestohlen..., und auch noch ein paar andere Sachen..., eine Zahnbürste, und Seife und so..." Noah begann bitterlich zu weinen.

Caine schüttelte nachsichtig den Kopf.

"Aber, Noah," beschwichtigte er, "wenn ein Kind etwas zu essen stibitzt, um nicht zu verhungern, und Kleidung stiehlt, um nicht zu erfrieren, sind das keine Verbrechen. - Die einzig Schuldigen, bei dieser Angelegenheit, sind die Erwachsenen die zulassen, dass ein Kind hungern und frieren muss. - Mach dir also deshalb keine Gedanken. Du hast wirklich nichts Schlimmes getan."

Noah blinzelte verunsichert unter der Bettdecke hervor.

"Sie sind gar nicht böse auf mich, Sir?"

Caine lächelte väterlich.

"Noah, du hast es wirklich nicht leicht gehabt, und du hast diese Dinge aus großer Not heraus getan... Also ich kann dir deshalb beim besten Willen nicht böse sein. - Weshalb hast du mir das denn nicht schon viel früher erzählt, anstatt dich damit zu quälen? Hattest du vielleicht Angst, ich würde dich wieder ins Waisenhaus zurückschicken?"

Noah nickte stumm.

"Aber es ist nicht nur das, Sir. - Ich habe noch etwas viel, viel Schlimmeres getan..." Noah verkroch sich abermals unter der Bettdecke.

"Was hast du denn sonst noch angestellt, mein Kleiner?" fragte Caine geduldig nach.

Es dauerte einen Moment, ehe Noah antwortete:

"Ich habe meine Seele geopfert, damit ich zur Schule gehen, und etwas lernen konnte..."

Caine glaubte seinen Ohren nicht zu trauen.

"Du hast was geopfert?" fragte er verblüfft.

Noah kam nun unter der Bettdecke hervorgekrochen. Er drückte seinen Plüschbären fest an sich, und sah den Professor ernst an.

"Ich habe meine Seele geopfert, Sir. - Um genau zu sein, habe ich sie eingesperrt, und den Schlüssel weggeworfen..., und jetzt bin ich kein vollständiger Mensch mehr... Deshalb bin ich oft traurig. - Ich tu nur immer so, als ob ich eine Seele hätte, aber in Wahrheit ist da überhaupt nichts mehr." Noah zuckte mit den Schultern. Er wirkte plötzlich so, als ob er jede Hoffnung verloren hätte.

Caine zog die Augenbrauen hoch, und kratzte sich ratlos am Hinterkopf.

"Noah, ich verstehe nicht so ganz, was du damit sagen willst... Seine Seele kann man gar nicht opfern oder wegsperren - Deine Seele ist das was du denkst und fühlst, und deine ganz individuelle Art, wie du denkst und fühlst..."

Noah unterbrach Caine, indem er ihn leicht am Ärmel zupfte.

"Das weiß ich doch, Sir. - Ich habe das doch auch nur metaphorisch gemeint. - Sie brauchen sich keine Sorgen zu machen: ich bin nicht verrückt... denke ich zumindest..." Noah musste gähnen.

Caine schüttelte lächelnd den Kopf.

"Noah, ich halte dich durchaus nicht für verrückt. - Ich habe, außer dir, allerdings bisher noch nie einen Sechsjährigen kennen gelernt, der in Metaphern spricht. - Du musst also etwas nachsichtig mit mir sein... Jetzt ist es aber allerhöchste Zeit für dich zu schlafen. Wir werden uns ein anderes Mal weiter unterhalten. - Komm leg dich hin, ich werde dich dann zudecken..."

Noah kuschelte sich in seine Kissen.

"Vielen Dank Sir, dass Sie nicht böse auf mich sind."

Caine berührte flüchtig Noahs Haar, und küsste den kleinen Jungen auf die Stirn.

"Vielen Dank für dein Vertrauen, Noah." Caine löschte die Lampe auf dem Nachttisch. "Gute Nacht, mein Junge. Träum etwas Schönes."

***

Was Noah an diesem Abend zu ihm gesagt hatte, spukte noch sehr lange in Caines Kopf herum. Es raubte ihm in der Nacht sogar den Schlaf. Er verstand, dass Noah ihm mitgeteilt hatte, dass er sich traurig und innerlich leer fühlte. Was er aber nicht verstand war, welchen Teil von sich selbst Noah aufgegeben hatte, um ein erfolgreicher Schüler zu werden. Noahs Metapher ergab für Caine nur teilweise einen Sinn. Er spürte deutlich, dass Noah nicht einfach irgend etwas daher geredet hatte, sondern dass der Junge tatsächlich das Gefühl zu haben schien, als Mensch unvollständig zu sein. Allerdings hatte Caine Mühe, die Gründe dafür zu erkennen. Besonders Noahs Worte: "Ich tu nur so, als ob ich eine Seele hätte, aber in Wahrheit ist da überhaupt nichts mehr", beunruhigten Caine. Diese Worte bestätigten für Caine seine Vermutung, dass Noah offenbar tatsächlich eine Art von Fassade aufrecht zu erhalten schien. Doch was versuchte Noah zu verbergen, und weshalb?

# Kapitel 8

Barnaby Higgins war Engländer. In jungen Jahren war er, in seiner Heimatstadt London, recht erfolgreich als Polizist tätig gewesen. Eine unglückliche Romanze hatte ihn jedoch seinerzeit dazu bewogen, seine Heimat zu verlassen, und sein Glück im entfernten Amerika zu suchen. Mit geringem Startkapital hatte er damals in Boston, im stickigen Hinterzimmer einer Wäscherei, ein Detektivbüro gegründet. Innerhalb weniger Jahre war es Higgins gelungen, sich den Ruf eines seriösen und fähigen Detektivs zu erarbeiten. Mittlerweile war Higgins ein Mann in den Vierzigern, besaß ein prächtiges Haus in Boston, und beschäftigte mehrere Mitarbeiter. Das schäbige Hinterzimmer war nur noch eine kleine amüsante Anekdote, die Higgins zuweilen zu erzählen pflegte, wenn er auf seinen Erfolg angesprochen wurde. Higgins war bekannt für seinen exzellenten "Riecher", und die unerschütterliche Hartnäckigkeit, die er bei der Lösung seiner Fälle an den Tag zu legen pflegte.

Vor einigen Jahren hatte Higgins, Helen Caine bei den Recherchen für eines ihrer Bücher unterstützt. Seitdem gehörte Higgins zu den großen Bewunderern der Schriftstellerin. Ein Umstand, der unter anderem auch darauf zurückzuführen war, dass Helen den Detektiv in besagtem Buch mehrfach namentlich erwähnt hatte.

Caine hatte Higgins zu sich nach Hause bestellt, um alles Notwendige zu besprechen. Pünktlich zum vereinbarten Zeitpunkt, am späten Nachmittag, traf Higgins in Begleitung eines jungen Mannes dort ein. Caine öffnete selbst die Haustür, und begrüßte beide Besucher mit zurückhaltender Höflichkeit. Er war etwas nervös, da er schlechte Neuigkeiten fürchtete.

Wenn Higgins, so wie an diesem Tag, ganz offiziell als Detektiv Barnaby Higgins unterwegs war, pflegte er sich stets wie ein vornehmer britischer Gentleman zu kleiden. Zur Zierde trug er einen Gehstock mit geschnitztem Elfenbeingriff bei sich. Sein jugendlicher Begleiter, der eine Reisetasche in der Hand hielt, war ebenfalls elegant gekleidet, allerdings so wie es an der Ostküste allgemein üblich war. Er war groß und schmächtig, hatte dunkelbraunes, volles Haar, und sehr wache grau-blaue Augen. Er trug eine Brille, und machte insgesamt einen durchaus vertrauenswürdigen und sympathischen Eindruck. Er stellte sich als Dr. Fox vor.

Caine führte seine beiden Besucher in sein privates Arbeitszimmer. Begleitet von einem sonderbar tragischen Gefühl von Endgültigkeit, und einem innerlichen Seufzen, schloss Caine die Tür hinter sich.

Das Arbeitszimmer war ein nicht allzu großer, aber dafür geschmackvoll eingerichteter Raum, in dessen Zentrum ein kunstvoll gefertigter Schreibtisch stand. Caines Großvater hatte diesen Raum einst eingerichtet, und dessen Wertschätzung der alten Griechen, spiegelte sich in vielen kleinen Details wider.

Caine bat die beiden Männer vor seinem Schreibtisch Platz zu nehmen, während er sich selbst dahinter setzte. Eine Öllampe, deren Sockel das Abbild einer griechischen Gottheit darstellte, spendete ein gefälliges Licht.

Nachdem alle drei Männer es sich bequem gemacht hatten, begann Higgins, ohne große Umschweife, auf die Ergebnisse seiner Ermittlungen zu sprechen zu kommen:

"Nun, Professor Caine, zunächst einmal folgendes: Ihr Schützling lebt unter falschem Namen. Sein richtiger Name lautet: Noah Edelstein. Noah ist aus einem Waisenhaus in New York ausgebüchst. - Was man dem Kind nicht übel nehmen darf, denn in dem Waisenhaus herrschen schlimme Zustände... Ich habe mir das Ganze dort etwas genauer angesehen, und war erschüttert. - Derart erschüttert, dass ich es mir nicht habe nehmen lassen, eine dringliche Beschwerde bei den zuständigen Behörden einzureichen. - Ich persönlich verstehe zwar nicht viel von Kindern, aber ich weiß zumindest, dass Kinder regelmäßig etwas Vernünftiges zu Essen brauchen, und nicht vorsätzlich gequält werden dürfen. - Es sieht so aus, als würde der Heimleiter die staatlichen Gelder für die Kinder kassieren, und in seine eigene Tasche wirtschaften. Er selbst lebt wie die Made im Speck, während die Kinder hungern und frieren müssen..." Higgins räusperte sich. "Glücklicherweise bin ich bei meinen Ermittlungen auf diesen jungen Gentleman hier gestoßen", er wies auf Dr. Fox, "der seinerseits auf der Suche nach Noah Edelstein war... Aufgrund gewisser, höchst ungewöhnlicher Umstände, war es Dr. Fox jedoch bisher, trotz intensiver Suche nach dem Kind, nicht möglich gewesen, es ausfindig zu machen. Dr. Fox und ich sind uns absolut einig, dass Noah Jacob niemand anderes als Noah Edelstein sein kann..." Higgins warf seinem Begleiter einen verstohlenen Seitenblick zu, dann wandte er sich erneut an den Professor: "Es war Dr. Fox allerdings ein außerordentliches Anliegen, Ihnen alle weiteren wichtigen Informationen, die Noah Edelstein betreffen, nur persönlich und unter vier Augen mitzuteilen. - Deshalb werde ich mich nun höflichst entschuldigen..." Barnaby Higgins erhob sich schwungvoll, und setzte seinen Zylinder auf. Er griff gewandt in seine Jacketttasche, und brachte einen Briefumschlag zum Vorschein, den er Professor Caine mit einer angedeuteten Verbeugung überreichte. "Wenn ich Ihnen nun, in aller Bescheidenheit, noch die Rechnung für meine Bemühungen zukommen lassen dürfte, Sir..."

Caine erhob sich ebenfalls, und griff geistesabwesend nach dem Briefumschlag.

"Aber selbstverständlich... Danke, Mr. Higgins. Sie haben

mir sehr weitergeholfen - und den armen Kindern in dem Waisenhaus vermutlich auch..."

"Immer gern zu Diensten", erwiderte Higgins beschwingt, und wandte sich in Richtung Tür. "Ich wünsche den beiden Herren einen wunderschönen Abend, und Ihnen Professor Caine, alles Gute! Entbieten Sie bitte Ihrer reizenden Schwester meine Verehrung."

"Das - äh... das werde ich selbstverständlich tun, Mr. Higgins. Vielen Dank..."

Barnaby Higgins verließ mit den Worten: "Bemühen Sie sich nicht, Professor, ich finde schon selbst hinaus", das Zimmer, und Caine starrte ihm noch einen Augenblick lang verdutzt hinterher. Dann bemerkte er, dass Dr. Fox, der ebenfalls aufgestanden war, amüsiert grinste.

"Mr. Higgins ist ein ausgesprochen origineller Zeitgenosse, finden Sie nicht auch, Sir?" fragte Fox scheinbar unbekümmert.

Nun erst musterte Caine sein Gegenüber eingehender. Dr. Fox hatte ebenmäßige Gesichtszüge und fein geschwungene Lippen, was ihm einen vornehmen und vergeistigten Ausdruck verlieh. Er wirkte intelligent und sensibel. Caine konnte nicht umhin festzustellen, dass zwischen Dr. Fox und Noah eine gewisse, wenn auch nur sehr entfernte, äußerliche Ähnlichkeit bestand. Doch kaum, dass ihm diese Ähnlichkeit aufgefallen war, erkannte Caine, dass es sich bei dem was er wahrzunehmen glaubte, vermutlich weniger um eine tatsächliche Ähnlichkeit, als vielmehr um eine sehr ähnliche Ausstrahlung handelte. Caine schätzte das Alter des jungen Mannes auf etwa 18 Jahre. Der Professor bemerkte, dass Fox eine kleine goldene Anstecknadel mit dem Yale Abzeichen am Revers trug.

"Sie sehen reichlich jung aus, für jemanden der bereits die Doktorwürde erlangt hat", bemerkte Caine, so beiläufig wie möglich, da er seinen Gast nicht in Verlegenheit bringen wollte.

"Darf ich vielleicht fragen, in welcher Disziplin Sie promoviert haben, Dr. Fox?"

Fox lächelte jungenhaft, wurde dann aber sogleich wieder ernst.

"Aber selbstverständlich, Sir. Ich habe Medizin an der New York University und in Yale studiert, und erst vor kurzem bei Professor Parker in Yale promoviert... Jetzt bin ich Professor Parkers Assistent. - Er scheint Sie übrigens zu kennen, Sir. Zumindest hat er gelegentlich von Ihnen gesprochen. - Nur Gutes, wenn ich das vielleicht noch hinzufügen darf."

Erst jetzt bemerkte Caine, dass der junge Arzt angespannt wirkte. Stirnrunzelnd deutete Caine auf die Sitzgelegenheiten vor seinem Schreibtisch.

"Nehmen Sie doch bitte wieder Platz, Dr. Fox. - Ach, kann ich Ihnen vielleicht etwas zu Trinken anbieten? Tee, Kaffee oder etwas anderes?"

Fox verneinte höflich, und setzte sich wieder.

"Professor Caine, wenn es Ihnen nichts ausmacht, wäre es mir lieber, wenn sie mich schlicht Joshua nennen würden. - Ich habe Ihnen einige sehr persönliche Dinge mitzuteilen, und ich fürchte, dass ich das bei so viel Förmlichkeit nicht über mich bringe."

Caine horchte überrascht auf. Er setzte sich ebenfalls, und blickte Joshua Fox interessiert an.

"*Sie* sind Noahs Freund, der sich nach dem Tod seiner Eltern um ihn gekümmert hat?! - Noah hat mir erst gestern von Ihnen erzählt und gesagt, dass Sie tot wären..."

Joshua nickte betrübt.

"Ja, Sir. - Ich bin dieser Freund, und Noah hält mich leider tatsächlich für tot... Das alles ist eine lange und ziemlich komplizierte Geschichte, Sir.... Ich weiß gar nicht so genau, wo ich da anfangen soll... Außerdem kann ich Ihnen das nur erzählen, wenn ich auf Ihre absolute Verschwiegenheit zählen darf. - Es gibt da einige scheußliche Details, die Noah niemals erfahren soll... "

Professor Caine nickte ernst, und blickte Joshua dabei eindringlich an.

"Ich bin gerne bereit Ihnen als Arzt zuzuhören, Joshua, wodurch alles was Sie mir erzählen, unter meine Verschwiegenheitspflicht fällt. - Wenn Sie allerdings ein Verbrechen begangen haben, dann bin ich dazu verpflichtet, dies zu melden..."

Joshua musste unwillkürlich lachen.

"Ich kann Ihnen versichern, Sir, dass ich kein Verbrechen begangen habe..." dann wurde er allerdings schlagartig wieder ernst. "Mein einziges Verbrechen ist es, der Sohn eines Verbrechers zu sein..."

Caine blickte den zerknirschten jungen Mann mitfühlend an. Auch wenn man es Joshua auf den ersten Blick gewiss nicht ansah, so schien er doch eine seelische Bürde mit sich herumzutragen. Caine lächelte Joshua aufmunternd an.

"Erzählen Sie, Joshua..., und lassen Sie sich soviel Zeit, wie sie dazu brauchen. - Ich bin ein ziemlich guter Zuhörer, und habe heute Abend noch nichts anderes vor..."

Joshua rang sich ebenfalls ein Lächeln ab, konnte jedoch nicht überspielen, wie betrübt er tatsächlich sein musste.

"Vielen Dank, für Ihre Geduld, Sir... Ich fürchte nämlich, dass ich etwas weiter ausholen muss, damit Sie Noahs Geschichte wirklich verstehen können..."

Caine nickte.

"Ich bin Ihnen äußerst dankbar für jede Information, die mir dabei hilft, Noah besser zu verstehen. - Ich nehme an, dass Mr. Higgins Sie darüber in Kenntnis gesetzt hat, dass ich Noah adoptieren möchte?"

Joshua nickte bedächtig.

"Ja, Sir, er hat es mir erzählt. Außerdem hat er mir erzählt, wie sehr Sie Noah schon geholfen haben. - Das ist auch der

Grund weshalb ich denke, dass Sie ein Anrecht darauf haben, alles über Noah zu erfahren. - Sie sollten sich allerdings darauf gefasst machen, Sir, dass Sie Noah vermutlich mit anderen Augen sehen werden, wenn Sie erst über alles bescheid wissen. Außerdem möchte ich Sie bitten, Noah gegenüber nachsichtig zu sein. - Dieses Kind ist nämlich nicht so ganz das, wofür Sie es halten, Sir. Aber dennoch ist Noah ein unglaublich groß- artiges und außergewöhnliches Kind. - Mir bedeutet Noah sehr viel, und ich werde auf gar keinen Fall zulassen, dass Sie Noah weh tun..." Joshua hatte plötzlich ein leidenschaftliches Funkeln in den Augen.

"Moment mal, junger Mann", unterbrach Caine, "Sie greifen ein wenig voraus... Ich kann Ihnen versichern, dass ich Noah gegenüber in jedem Fall nachsichtig sein werde, und ich habe ganz bestimmt nicht vor, Noah weh zu tun. Ganz gleichgültig, was der Junge auch angestellt haben mag. - Ich habe Noah inzwischen gut genug kennengelernt, um einschätzen zu kön- nen, dass Noah ein sehr gut ausgebildetes Gewissen hat, und niemals etwas Unrechtes tun würde, sofern ihn nicht große Not dazu zwingt."

Joshua wurde rot und grinste verlegen.

"Verzeihen Sie bitte, Sir. - Ich war wohl gerade etwas zu impulsiv..."

"Wie alt sind Sie, Joshua?" fragte Caine unvermittelt.

"Ich bin fast 19 Jahre alt, Sir."

Caine lachte gutmütig.

"Ach, machen Sie sich da mal keine Gedanken, Joshua. In Ihrem Alter ist es vollkommen normal, impulsiv zu sein. - Und jetzt entspannen Sie sich, und erzählen Sie mir Ihre Ge- schichte."

Joshua atmete tief durch, und begann zu erzählen:

"Als ich zwölf Jahre alt war, holte mein Vater mich zu sich. Bis zu jenem Zeitpunkt, hatte ich meinen Vater kaum gekannt...

Ich bin bei meinen Großeltern mütterlicherseits aufgewachsen, nachdem meine Mutter, kurz nach meiner Geburt, verstorben war... Ich hatte eine sehr unbeschwerte und glückliche Kindheit, bei meinen Großeltern. Als ich dann zwölf war, erinnerte sich mein Vater plötzlich daran, dass er einen Sohn hatte. - Leider, denn ich wünschte, ich hätte meinen Vater nie näher kennenlernen müssen... Mein Vater ist ein intelligenter Mann - und das ist auch schon das einzig Positive, was es über ihn zu sagen gibt. - Er ist praktisch in der Gosse aufgewachsen und hat es geschafft, sich durch Klugheit, Skrupellosigkeit, und vermutlich auch das ein oder andere krumme Geschäft, ein kleines Industrieimperium aufzubauen. - Auf der Höhe seines geschäftlichen Erfolges, war es meinem Vater dann gelungen, das Herz meiner Mutter zu erobern. - Meine Mutter stammte aus einer der ältesten und angesehensten Familien von New York. Durch diese Verbindung mit meiner Mutter, gelang meinem Vater dann auch der gesellschaftliche Aufstieg. - Und so wurde aus einem Straßenjungen, der sich selbst das Lesen und Schreiben beigebracht hatte, ein erfolgreicher, wohlhabender und angesehener Mann..." Joshua seufzte schwermütig, und fuhr dann fort: "Als ich, wie gesagt, zwölf wurde, fiel meinem Vater plötzlich ein, dass ich existierte... Ich war ein begabter Schüler, und schien außerdem ein besonderes Talent für Baseball zu haben. Also holte mein geltungssüchtiger Vater mich zu sich - so wie man sich beispielsweise ein preisgekröntes Rennpferd in seinen Stall holt... Als Mensch war ich meinem Vater dabei vollkommen gleichgültig. Er brauchte mich nur, um mit mir angeben zu können..." Joshua konnte nicht weitersprechen. Er war sichtlich aufgewühlt.

Caine goss schweigend etwas Wasser aus einer Karaffe, die neben ihm auf dem Schreibtisch stand, in ein Glas, und schob es über die Schreibtischplatte hinweg zu Fox hinüber.

"Vielen Dank, Sir", sagte Fox dankbar, und nahm einen

Schluck. Er fasste sich zerstreut an die Stirn. Ohne Caine anzusehen, fuhr er fort: " Als ich im Hause meines Vaters wohnte, arbeitete bei meinem Vater ein junges Mädchen. Ihr Name war Rose, und sie war dort als Dienstmädchen angestellt. - Ich war damals in dem Alter wo man allmählich anfängt, sich als Junge für Mädchen zu interessieren... und ich habe mich auf den ersten Blick sofort in Rose verliebt... Sie war gar nicht so viel älter als ich damals, sie war nämlich erst fünfzehn Jahre alt... Sie stammte aus Irland, war anmutig und wunderschön, aber nicht nur das: sie war geistreich und witzig und ein durch und durch feiner und großartiger Mensch..." Joshua schluckte schwer und brachte aus einer seiner Jacketttaschen eine kleine, goldgerahmte Photographie zum Vorschein, die er Caine über die Tischplatte hinweg reichte. "Das war Rose, zu dem Zeitpunkt, als wir uns damals kennen gelernt hatten..."

Caine nahm die Photographie entgegen, und betrachtete sie neugierig. Es war die Portraitaufnahme eines ausnehmend hübschen jungen Mädchens, mit kindlich weichen Gesichtszügen, großen Augen und gewelltem Haar. Das Mädchen lächelte scheu. Caine erkannte dieses Lächeln sofort wieder.

"Oh, mein Gott", murmelte Caine, "Noah ist diesem Mädchen ja wie aus dem Gesicht geschnitten: die Augen, das Lächeln..." Caine blickte Joshua fragend an. "Das ist Noahs Mutter, nicht wahr?"

Joshua nickte.

"Ja, sie war Noahs Mutter - oder vielleicht sollte ich es anders ausdrücken: sie hat Noah zur Welt gebracht..."

Caine neigte leicht den Kopf zur Seite, und blickte Joshua forschend an.

"Wenn das hier Noahs Mutter ist, und Sie damals in sie verliebt waren... " Caine runzelte zweifelnd die Stirn. "Aber Sie waren damals doch erst zwölf Jahre alt..."

Joshua schüttelte mit einem verbitterten Lächeln auf den Lippen langsam den Kopf.

"Wenn man eins und eins zusammenzählt, kommt nicht immer zwangsläufig zwei dabei heraus, Sir. - Ich bin nicht Noahs Vater, Professor Caine... Ich war damals in Rose verliebt, aber es war nur die unschuldige und romantische Schwärmerei eines Zwölfjährigen..." Joshua seufzte. "Ich bin Noahs Bruder - Noahs Halbbruder, um genau zu sein."

Nun war es Caine, der einen Schluck Wasser benötigte. Er goss sich ein halbes Glas davon ein.

"Aber, das verstehe ich nicht so ganz, Joshua... wenn Sie Noahs Bruder sind, wie kommt es dann, dass Noah Sie als seinen besten Freund bezeichnet?"

"Das werden Sie verstehen, Sir, sobald ich Ihnen den Rest der Geschichte erzählt haben werde."

Caine nickte, und nippte an seinem Wasser.

"Verzeihen Sie meine Ungeduld. - Fahren Sie nur fort, Joshua..."

"Würde es Ihnen etwas ausmachen, Sir, wenn ich dabei ein wenig im Zimmer umhergehe?" erkundigte sich Joshua.

Caine verneinte freundlich, und Joshua erhob sich. Er ging zum Fenster, um einen Augenblick hinauszusehen, dann lehnte er sich mit dem Rücken an die Fensterbank an, und sah von dort aus zum Professor herüber.

"Als ich im Hause meines Vaters lebte, bin ich eines Nachts plötzlich wach geworden. - Ich dachte damals ich hätte Schreie gehört, war mir aber nicht ganz sicher gewesen. Deshalb bin ich dann aufgestanden, und verunsichert durch das ganze Haus geschlichen... Als ich schon dachte, dass ich mir vermutlich alles nur eingebildet hätte, hörte ich Geräusche im Dachgeschoss, wo sich das Dienstmädchenzimmer befand. - Ich dachte sofort an Rose, und bin auf Zehenspitzen hinaufgestiegen...." Joshua seufzte schwer und wandte sich erneut um, um aus dem Fenster auf die inzwischen dunkle Straße hinauszusehen. "Plötzlich wurde die Tür, die zur Dachkammer von Rose führte, von innen geöffnet, und ich versteckte mich dann instinktiv in einer Nische... Mein Vater kam im Morgenrock aus der Dachkammer... Ich weiß noch sehr genau, wie ich damals spürte, dass etwas nicht in Ordnung war, und dass ich große Angst hatte..." Joshua drehte sich wieder vom Fenster weg, und starrte auf den Fußboden vor sich. "Als mein Vater wieder in seinem eigenen Schlafzimmer verschwunden war, lauschte ich an der Tür von Rose und hörte sie laut schluchzen... Ich klopfte ganz leise an, und ging dann zu ihr hinein..." Joshua bereitete es Mühe, weiterzusprechen. Offenbar überwältigt von seinen Erinnerungen, setzte er sich wieder auf seinen Platz. Ohne Caine anzusehen, fuhr er stockend fort: "Das Nachthemd von Rose war zerrissen... und ihre Nase und ihre Lippen bluteten, weil sie von meinem Vater geschlagen worden war... und das Bett war ebenfalls voller Blut... Obwohl ich damals eine eher vage Vorstellung von dem hatte, was mein Vater Rose, abgesehen von der Prügel, angetan hatte, so spürte ich, dass etwas ganz Grauenvolles passiert war..."

Fassungslos schüttelte Caine den Kopf.

"Das arme Mädchen..." murmelte er tonlos.

Joshua schluckte.

"Ja... diesen Anblick werde ich niemals vergessen... Es war der Moment in meinem Leben, als ich zu ersten Mal eine ganz deutlich Ahnung davon bekam, wie viel Böses in den Menschen stecken kann. - Es war sozusagen das Ende meiner Kindheit... und es war der Anfang vom Ende von Rose... Sie hat das, was mein Vater ihr angetan hat, niemals verkraftet... Ich hatte sie dann in jener Nacht ins Krankenhaus gebracht... Sie war böse zugerichtet: ihr Handgelenk war gebrochen und einige ihrer Rippen.... Im Krankenhaus wollte man natürlich als Erstes von mir erfahren, wer für die Behandlungskosten

aufkommen würde. Da hatte ich dann meine Großeltern genannt, denen ich mich dann schließlich auch anvertraut habe.
- Ich liebe meine Großeltern sehr, aber sie gehören nicht unbedingt zu den Leuten, die sich mit Dienstboten verbrüdern...
Sie waren also nicht gerade sonderlich erfreut über die ganze Situation. - In der Welt meiner Großeltern, wird alles Unangenehme normalerweise einfach unter den Teppich gekehrt. Man spendet dann eine größere Summe für einen wohltätigen Zweck, und kann dann mit beruhigtem Gewissen so weiterleben wie zuvor... Aber, ich konnte Rose nicht so einfach ihrem Schicksal überlassen. Sie war für mich nicht nur irgend ein Dienstmädchen. Sie war für mich eine liebe Freundin, die sonst niemanden auf der Welt hatte, der ihr beistehen würde. Also, hatte ich dann meine Großeltern bekniet, etwas für Rose zu tun... Meine Großeltern haben dann eine Art Handel mit meinem Vater abgeschlossen: sie würden Stillschweigen über die Tat meines Vaters bewahren, und er sollte im Gegenzug seine Ansprüche, die er mir gegenüber als Vater hatte, aufgeben. Mein Vater hatte sich dem dann schließlich gefügt. So kam es, dass ich daraufhin wieder bei meinen Großeltern leben durfte. - Nachdem es Rose dann wieder etwas besser ging, und sie aus dem Krankenhaus entlassen werden konnte, haben meine Großeltern ihr eine Anstellung als Gesellschafterin einer befreundeten alten Dame vermittelt... Rose war sehr glücklich über diese Anstellung... Zumindest so lange, bis sich herausstellte, dass sie schwanger war... Die alte Dame fürchtete das Gerede der sogenannten feinen Gesellschaft, und wollte Rose dann nicht weiter beschäftigen. Ein anderer Hausangestellter, besagter Dame, kannte zufällig ein sehr nettes Ehepaar, das keine eigenen Kinder bekommen konnte, und sich sehnlichst ein Kind wünschte. - Das waren die Edelsteins. Sie haben Rose dann bei sich aufgenommen, und ihr versprochen, dass sie das Baby nach der Geburt adoptieren würden. Außerdem wollten

sie Rose danach dabei behilflich sein, eine gute Anstellung zu finden. - Rose war zwar anfangs skeptisch gewesen, doch als junge, ledige und mittellose Schwangere, blieb ihr fast keine andere Wahl, als das Angebot der Edelsteins anzunehmen. Da ich leider auch kein eigenes Einkommen besaß, mit dem ich Rose hätte unterstützen können, und meine Großeltern sich nun aus der ganzen Angelegenheit unbedingt heraushalten wollten, war Rose praktisch dazu gezwungen gewesen, ihr Kind wegzugeben... Rose war selbst eine Waise und im Waisenhaus aufgewachsen, weshalb es für sie um so schmerzvoller war, ihr eigenes Kind nun nicht selbst aufziehen zu können... Erstaunlicherweise, hegte Rose nämlich dem Kind gegenüber, welches sie unfreiwillig und unter Gewalt empfangen hatte, keinen Groll... Sie wollte, dass das Kind es gut haben und viel Liebe erfahren sollte. Sie war eben wirklich ein ganz besonderer Mensch... "
Joshua schwieg. Er wirkte erschöpft. Der Ausdruck in seinem Gesicht war nun der eines müden, verletzlichen Jungen.

Caine fühlte sich ebenfalls erschöpft. Er betrachtete schwermütig das Bildnis von Rose. "Armes, bedauernswertes Kind", ging es Caine durch den Kopf, "dir wurde wirklich übel mitgespielt..." Caines Blick schweifte ab, und fiel auf das halbvolle Wasserglas, das vor ihm stand. Dieser Anblick kam ihm plötzlich seltsam absurd vor. Caine entschuldigte sich, und begab sich kurz ins Nebenzimmer. Als er nach wenigen Minuten wieder in sein Arbeitszimmer zurück kam, hatte er eine Flasche Brandy und zwei Gläser bei sich. Er füllte die beiden Gläser jeweils zu einem Viertel, und reichte eines davon seinem Gast.

"Ich schätze, über das Stadium des Wassertrinkens dürften wir inzwischen hinaus sein..." meinte Caine trocken, und nahm einen Schluck Brandy.

Joshua lächelte schwach.

"Ja, damit dürften sie wohl recht haben, Sir - zumal Sie das Wesentliche noch gar nicht von mir erfahren haben."

Caine nickte.

"Ja, Joshua. Sie haben mir nämlich immer noch nicht erzählt, weshalb Noah Sie nur für einen guten Freund, und außerdem noch für tot hält..."

Joshua seufzte schwermütig.

"Ach, das ist richtig..." er nahm einen großen Schluck Brandy. Offenbar den Genuss von Alkohol nicht gewohnt, verzog Joshua leicht angewidert das Gesicht, und fasste sich unwillkürlich an die Kehle. "Das ist nun auch wieder so eine komplizierte Geschichte... Nachdem Noah auf der Welt war, musste ich Rose versprechen, für Noah da zu sein, wann immer mich Noah brauchen würde. - Es war mir nicht schwer gefallen, dieses Versprechen abzugeben. Schließlich bin ich ja Noahs Bruder. - Die Edelsteins waren zwar damit einverstanden, dass ich ein Teil von Noahs Leben sein wollte, aber sie stellten mir die Bedingung, dass Noah nichts von unserer Verwandtschaft erfahren sollte. Sie hatten nämlich nicht vor, Noah jemals etwas über die erfolgte Adoption zu erzählen. Sie wollten Noah in dem Glauben aufziehen, ihr eigen Fleisch und Blut zu sein. Also, wurde ich zu einem guten Freund der Familie, und deshalb hält mich Noah nur für einen Freund..."

Nun war es Caine der sich erhob, und im Zimmer auf und ab ging. Die Bewegung half ihm dabei, sich besser konzentrieren zu können.

"Was wurde aus Rose?" fragte Caine nach.

Joshua starrte betrübt in sein Brandy Glas.

"Die Edelsteins hatten Rose, in der Zeit die sie bei ihnen gelebt hatte, alles über Buchhaltung beigebracht. Rose war, wie gesagt, begabt und lernwillig, so dass sie innerhalb kurzer Zeit zu einer richtig guten Buchhalterin geworden war. Also konnten die Edelsteins ihr schließlich eine Anstellung in einem gepflegten Bekleidungsgeschäft vermitteln. - Aber Rose wurde zunehmend melancholisch... Wir haben uns damals noch regelmäßig Briefe geschrieben, deshalb weiß ich das. - Jetzt im nachhinein wünschte ich manchmal, ich hätte damals etwas für Rose tun können, aber vermutlich war ich auch einfach zu jung und zu unwissend dazu..." Joshua schluckte schwer. " Man hat sie, drei Monate nach Noahs Geburt, in ihrem winzigen Apartment erhängt aufgefunden... Ihren Abschiedsbrief erhielt ich eine Woche später mit der Post..."

Caine spürte, wie aufgewühlt Joshua war. Er hatte das Gefühl dem jungen Mann etwas sagen zu müssen, das ihn entlastete. Caine setzte sich wieder hin.

"Sie haben für Rose alles getan, was damals in Ihrer Macht gestanden hatte, Joshua. - Und dafür, dass Sie selbst noch ein Kind waren, haben Sie sehr viel für dieses arme Mädchen getan. - Selbst für erfahrene Ärzte ist es nicht einfach, Menschen wie Rose zu helfen. Sie hatte ein schlimmes Trauma erlebt, und war dadurch unverschuldet auch noch zusätzlich in ein gesellschaftliches Dilemma geraten. - Sie war ja selbst noch ein Kind, das ein Kind bekommen, und es dann aufgeben musste, um ihm ein besseres Leben zu ermöglichen. - Sie muss sehr gelitten haben, und ich könnte mir gut vorstellen, dass sie sich, ohne Ihre Hilfe Joshua, schon vor Noahs Geburt das Leben genommen hätte. - Sie waren für Rose da gewesen, als es sonst niemand war, und ich bin mir ganz sicher, dass Rose Ihre Hilfe sehr zu schätzen gewusst hatte... Machen Sie sich also keine Vorwürfe, mein Junge, Sie haben damals getan was sie konnten."

Joshua nickte betrübt.

"Ich weiß, Sir. Rose hatte mir, in ihren eigenen Worten, in ihrem Abschiedsbrief etwa das Gleiche geschrieben, was Sie eben gesagt haben. - Aber es war nun einmal mein Vater gewesen, der an allem Schuld hatte... Deshalb fühle ich mich irgendwie für alles mitverantwortlich..."

"Sie sind nicht für die Taten Ihres Vaters verantwortlich, Joshua. - Auf gar keinen Fall... Sie sind es ebenso wenig, wie

Noah es ist. - Was ist eigentlich aus Ihrem Vater geworden, Joshua?"

Joshuas Gesichtsausdruck schwankte plötzlich zwischen Bitterkeit und Spott.

"Mein Vater geht nach wie vor erfolgreich seinen Geschäften nach... Ich habe erst kürzlich in der Zeitung gelesen, dass er eine weitere Fabrik eröffnet hat. - Er schickt mir jedes Jahr zu meinem Geburtstag einen großzügigen Scheck, den ich dann auf ein Sparkonto einzahle, das ich in Noahs Namen eröffnet habe. - Ich habe meinen Vater seit mehreren Jahren nicht mehr gesehen. - Ich ertrage seine Gesellschaft nicht."

"Ich verstehe..." sagte Caine. Nach einer kurzen Pause fragte er: "Und was wurde aus den Edelsteins?

"Die Edelsteins waren wirklich gute Menschen. So oft ich konnte, war ich nach Noahs Geburt bei Ihnen zu Besuch. - Ich gehörte sozusagen fast schon zur Familie..." Joshua kamen plötzlich die Tränen, und er konnte minutenlang nicht weitersprechen, da er mühsam um Fassung rang. "Aber dann, eines Nachts - ich hatte gerade Semesterferien und übernachtete bei den Edelsteins im Gästezimmer, da brach ein Feuer aus. - Die Edelsteins besaßen eine Buchhandlung... Der Laden war im Erdgeschoss, und die Wohnräume befanden sich in den oberen Stockwerken. Als wir vom Rauch geweckt wurden, brannte der ganze Laden schon lichterloh. Ich hörte Noah schreien, und holte Noah aus dem Bett, dann wollte ich nach den Edelsteins sehen, doch es war zu dunkel, und alles war voller Rauch... Mr. Edelstein rief mir zu, ich sollte versuchen mich mit Noah auf das Dach des Nachbarhauses zu retten. Er würde versuchen mit seiner Frau nachzukommen... Ich war damals kaum in der Lage, klar zu denken. Also bin ich, mit Noah auf dem Arm, an der Fassade nach oben geklettert. Ich habe es dann tatsächlich auf das Dach des Nachbarhauses geschafft... Aber die Edelsteins konnten nicht mehr entkommen..." Joshua

nahm mit trostloser Mine einen weiteren Schluck Brandy. "
Die Feuerwehr meinte, dass es sich bei dem Brand vielleicht
um Brandstiftung gehandelt haben könnte..."

"Aber weshalb nur? fragte Caine.

Joshua zuckte ratlos mit den Schultern.

"Die Edelsteins waren fromme Juden, und erfolgreiche Ge-
schäftsleute - vermutlich war das jemandem ein Dorn im Auge
gewesen..." Joshua verbarg für einen Augenblick sein Gesicht
in den Handflächen.

Caine erhob sich langsam. Er stellte sich neben Joshua, der
gebeugt auf seinem Stuhl saß, und legte ihm fürsorglich die
Hand auf die Schulter.

"Joshua, Sie sollten sich jetzt vielleicht ein wenig ausruhen...
Ich nehme mal an, dass Sie heute vom Bahnhof aus direkt
hierher gekommen sind, nicht wahr?"

Joshua nickte stumm.

Caine nickte ebenfalls.

"Sehr gut, dann möchte ich Sie gerne dazu einladen, unser
Gast zu sein. - Wir haben hier mehr als genug leere Zimmer,
und Sie sind uns herzlich willkommen. - Wir können uns dann
später, nach dem Abendessen, weiter unterhalten."

Joshua schniefte.

"Vielen Dank, Sir."

\*\*\*

Im Esszimmer saßen Homer und Helen Caine und ihr Gast
Joshua Fox gerade beim Dessert, einer warmen Apfelpastete,
als das Telephon in der Eingangshalle läutete. Ella, die Haus-
hälterin, nahm das Gespräch entgegen.

Normalerweise nahm Ella ihre Mahlzeiten gemeinsam mit
den Caines ein. Sie war bereits seit 25 Jahren im Hause Caine
angestellt, und wurde von Helen und Homer Caine als Fami-

lienmitglied betrachtet. Da die Caines heute jedoch einen Gast zum Abendessen da hatten, hatte es Ella vorgezogen nicht an dem Essen teilzunehmen, obwohl es Homer und Helen Caine gerne gesehen hätten. Doch Ella, eine ruhige und bescheidene Frau von Ende 50, fühlte sich in Gegenwart von Gästen manchmal etwas befangen.

Ella kam ins Esszimmer.

"Professor Caine, die Witwe Thornton wünscht Sie dringend am Telefon zu sprechen. Sie klang aufgeregt und sagte, es sei sehr wichtig..."

Caine sah alarmiert von seinem Teller auf.

"Ich komme sofort, Ella, vielen Dank." mit diesen Worten erhob sich Caine, und hastete eilig aus dem Zimmer zum Telephonapparat, der an einer Wand in der Eingangshalle befestigt war.

"Mrs. Thornton, was ist passiert?" fragte Caine ohne Umschweife. Er hörte Mrs. Thornton am anderen Ende der Leitung schluchzen.

"Oh, Professor, es ist etwas Schreckliches passiert... Noah ist weggelaufen. - Er ist heute nach dem Mittagessen aus dem Haus gegangen, um wieder zum College zu gehen - so wie jeden Nachmittag... Und heute Abend ist er nicht wieder nach Hause gekommen. - Zuerst hatte ich mir deswegen noch keine großen Sorgen gemacht... Ich dachte, der Junge hätte über seinen Büchern einfach nur die Zeit vergessen. Also, hatte ich mich dann auf die Suche nach ihm gemacht. Dabei habe ich dann erfahren, dass Noah heute Nachmittag wohl gar nicht am College gewesen ist... " Mrs. Thornton schluchzte verzweifelt auf. "Und dann habe ich in Noahs Zimmer einen Abschiedsbrief gefunden, den er geschrieben hat... Er schreibt, dass er kein Recht dazu hätte auf dem College zu sein, und dass er Sie, Professor Caine, nicht noch mehr enttäuschen möchte als er es bereits getan hat..."

Caine war fassungslos. Einen Augenblick lang hatte er das Gefühl, als würde sich alles um ihn herum drehen. Er verspürte plötzlich eine leichte Übelkeit, und eine große innere Leere, die sich wie ein tiefer Abgrund vor ihm auftat. Dann bemerkte er, dass Helen sich zu ihm gesellt hatte. Sie berührte ihn am Arm und sah ihn besorgt an.

"Was ist los, Homer?"

Helens Berührung und ihre vertraute Stimme, halfen Caine seine Erstarrung zu überwinden. Er wusste, dass er sich nun dringend zusammennehmen und möglichst umsichtig handeln musste. Noah wurde bereits seit mehreren Stunden vermisst, und draußen herrschten Temperaturen unterhalb des Gefrierpunkts. Ein kleiner verzweifelter Junge, der irgendwo herumirrte. - Es gab keine Zeit zu verlieren. Er setzte das Telephonat fort:

"Mrs. Thornton, ich werde sofort zu Ihnen raus fahren. Versuchen Sie inzwischen ruhig zu bleiben. Finden Sie heraus, was Noah mitgenommen hat. Vielleicht können wir daraus schließen, was er vor hat." hörte Caine sich selbst mit ruhiger Stimme sagen. "Rufen sie bitte Professor Watford und Professor Stern an. Vielleicht wissen sie etwas über Noahs Verbleib. - Ich werde inzwischen Hilfe organisieren. - Wenn Noah erst seit heute Mittag verschwunden ist, kann er vermutlich noch nicht allzu weit gekommen sein... Wir werden ihn schon wiederfinden."

"Bitte beeilen Sie sich, Professor."

Caine legte den Hörer auf.

Joshua Fox stand etwas abseits von Homer und Helen Caine. Er hatte das Telephongespräch verfolgt und wirkte sehr bestürzt.

Caine wandte sich zunächst an seine Schwester:

"Helen, Noah ist weggelaufen. - Versuche bitte Barnaby Higgins zu erreichen. Vielleicht kann er uns bei der Suche nach Noah helfen. - Wenn er helfen kann, dann fahre bitte mit ihm zu Mrs. Thornton raus. Noah wurde dort heute Mittag zum letzten Mal gesehen. Wir werden von dort aus mit dem Suchen beginnen müssen. - Ich werde mich jetzt gleich auf den Weg zu Mrs. Thornton machen um zu sehen, was ich inzwischen vor Ort tun kann..." Caine blickte Joshua fragend an. "Würden Sie mich begleiten, Joshua?"

Joshua nickte entschlossen.

"Niemand würde mich davon abhalten können, Sir."

Caine und Joshua streiften sich im Gehen ihre Mäntel über. Während sie eiligen Schrittes auf eine nahe gelegene Sammelstelle für Kutschen zugingen, bemerkte Joshua:

"Ich wünschte, ich wäre einen Tag früher hier gewesen."

Caine warf Joshua einen gehetzten Seitenblick zu.

"Das wünschte ich auch, mein Freund."

# Kapitel 9

Professor Caine und seine Schwester, Barnaby Higgins, Mrs. Thornton und Joshua Fox, hatten sich in Noahs Zimmer eingefunden, und berieten sich aufgeregt.

"Sie sagen also, dass Noah überhaupt kein Geld bei sich hat, Mrs. Thornton." stellte Higgins sachlich fest.

Die Witwe nickte. Ihre Frisur war ein wenig zerzaust, und ihre Augen vom Weinen gerötet.

"Nein, Mr. Higgins", nervös fingerte Mrs. Thornton an ihrem Taschentuch herum, "Noah hat nicht einmal die wenigen Münzen mitgenommen, die er von der Zahnfee bekommen hat..." Mrs. Thornton unterdrückte ein Schluchzen.

Higgins runzelte die Stirn.

"Die Zahnfee, so, so... Sie haben mir doch erzählt, dass dieses Kind so etwas wie ein kleines Genie ist..." Higgins dachte einen Augenblick angestrengt nach. "Wusste Noah wo Sie Ihr Haushaltsgeld aufbewahren, Madam?"

Mrs. Thornton bejahte.

"Oh ja, ich bewahre das Geld in einer Keksdose auf dem Küchenregal auf. Es müssten etwa 80 Dollar in der Dose sein. Noah hätte sich ohne weiteres alles nehmen können, wenn er gewollt hätte. Aber er hat das Geld nicht angerührt. Der Junge scheint auch sonst nichts mitgenommen zu haben. - Als er heute Mittag aus dem Haus ging, hatte er nur ein paar Bücher unter dem Arm... Er trug seine Ambrose Uniform, eine Mütze, einen Schal, Handschuhe und seinen Mantel..." Mrs. Thornton kämpfte mit den Tränen.

Higgins warf Caine einen verstohlenen Seitenblick zu.

"Ich fürchte, es ist kein gutes Zeichen, wenn ein so intelligentes Kind wie Noah, so vollkommen planlos davonläuft."

Caine nickte bedrückt. Er hielt noch immer Noahs Abschiedsbrief in den Händen. Er hatte die wenigen, in leicht krakeliger Kinderschrift verfassten Zeilen, inzwischen schon unzählige Male gelesen:

*Liebe Mrs. Thornton und lieber Professor Caine,*
*Sie waren beide so unendlich gut zu mir, und ich werde Ihre Geduld, Ihre Liebe und Güte niemals vergessen.*
*Aber ich habe kein Recht, hier auf dem College zu sein, weshalb ich nun fort gehen muss.*
*Ich möchte Sie, Professor Caine, nicht noch mehr enttäuschen, als ich es ohnehin schon getan habe.*
*Ich bitte Sie beide, nicht böse auf mich zu sein.*

*Noah*

"Joshua, was meint Noah damit? - Sie haben vorhin zu mir gesagt, dass Noah nicht ganz das wäre, wofür ich ihn halten würde. - Was stimmt nicht mit ihm, was ist das Problem?" Caine Stimme klang sehr eindringlich.

Higgins trat zu Joshua, und klopfte dem jungen Mann ermutigend auf die Schulter.

"Erzählen Sie es ihm, Dr. Fox. - Ich denke, die Zeit ist reif dafür. - Mrs. Thornton und der Professor sehen so aus, als ob sie die Wahrheit verkraften würden. Außerdem könnte dieses kleine Detail die Suche nach dem Kind erleichtern."

Joshua nickte zustimmend.

"Ja, Sie haben recht. - Ich hatte vorgabt, es Professor Caine schonend beizubringen, aber dafür haben wir im Moment leider keine Zeit..." Joshua blickte erst Caine und dann die Witwe Thornton ernst an. "Ich kenne Noah von Geburt an, und ich kann Ihnen versichern, dass Noah kein kleiner Junge ist."

Helen Caine, ihr Bruder und Mrs. Thornton tauschten ratlose

Blicke aus. Sie schienen nicht ganz zu begreifen, was Joshua meinte. Professor Caine fuhr sich zerstreut durchs Haar.

Joshua versuchte sich genauer auszudrücken:

"Noah heißt mit vollständigem Namen *Noah Serafina Edelstein* und ist ein kleines Mädchen, das sich die langen Haare abgeschnitten und Jungenkleidung angezogen hat. - Noah kann nämlich sowohl ein Vorname für einen Jungen als auch für ein Mädchen sein. Das ist das ganze Geheimnis."

Es dauerte einen Augenblick, ehe Caine tatsächlich begriff, was Joshua ihm soeben mitgeteilt hatte. Schließlich ließ sich Caine langsam auf Noahs Bett sinken, und starrte Joshua entgeistert an.

"Oh, mein Gott...! Das ist es also, was Noah die ganze Zeit über so belastet hat... Ich kann es einfach nicht fassen..."

Mrs. Thornton schüttelte benommen den Kopf.

"Sind Sie sich da ganz sicher, junger Mann?" fragte sie Joshua mit verwirrtem Blick.

Joshua nickte stumm.

Higgins legte seinen Zylinder auf einem Stuhl ab, strich sich den Anzug glatt, und ergriff nun, als einzige emotional unbeteiligte Person im Raum, entschlossen die Initiative:

"So, nachdem das nun endlich geklärt wäre, sollten wir uns daran machen die Kleine zu finden." sagte Higgins etwas ungeduldig. Er griff beherzt nach Noahs Plüschbär, betrachtete diesen kurz und verkündete: "Wir brauchen dringend einen ausgebildeten Jagdhund, der uns hilft die Spur des Kindes aufzunehmen. - Und zwar so schnell wie möglich. Wenn es erst zu schneien anfängt, wird es nicht gerade einfacher jemanden aufzuspüren, zumal kleine Kinder sich meist besonders gut verstecken können. - Einer meiner Mitarbeiter besitzt einen Spürhund. - Sofern ich ihn jetzt überhaupt erreichen kann, dürfte es allerdings eine Weile dauern, ehe er hier in Cambridge sein könnte."

Caine erhob sich langsam. Die sachliche Herangehensweise des Detektivs half Caine dabei, seine vor Sorge wirren Gedanken zu ordnen.

"Professor Watford besitzt einen Jagdhund. - Ich werde ihn sofort hierher bitten." Caine verließ das Zimmer, und ging ins untere Stockwerk von Mrs. Thorntons Haus, wo sich der Telephonapparat befand.

***

Barnaby Higgins organisierte die Suche nach Noah mit militärischer Effizienz. Während er Professor Watford zusammen mit Professor Caine und dem Jagdhund im Freien nach Noahs Spur suchen ließ, beauftragte er Mrs. Thornton damit sämtliche Nachbarn danach zu fragen, ob sie Noah gesehen hätten. Er selbst versuchte, mit der Unterstützung des Hausmeisters von Ambrose, herauszufinden, welche entlegenen Winkel des Colleges sich als Versteck für ein verstörtes Kind eigneten. Helen Caine und Joshua Fox liehen sich eine einspännige Kutsche, und fuhren damit langsam sämtliche Straßen der Umgebung ab.

Caine und Watford hatten Laternen, einige Decken, eine Feldflasche voll Wasser, Caines Arzttasche und Noahs Plüschbär bei sich. Sie ließen Freddy, Watfords Hund, immer wieder an dem Stofftier schnuppern, um ihn Noahs Witterung aufnehmen zu lassen.

"Denkst du, dass wir Noah auf diese Art finden werden?" fragte Caine skeptisch.

Watford streichelte Freddys Flanke. Er führte den Beagle an der Leine, und Freddy drängte mit großem Enthusiasmus in eine bestimmte Richtung.

"Ich denke, dass dieser Mr. Higgins etwas von seinem Job versteht. - Die Idee mit dem Hund nach Noah zu suchen, halte ich für absolut vielversprechend. - Hunde lassen sich nicht so leicht in die Irre führen, wie wir Menschen. Außerdem ist Freddy ein geübter Spurensucher. Ich nehme ihn schließlich regelmäßig zur Jagd mit."

Caine seufzte.

"James, warum haben wir nicht bemerkt, dass Noah ein kleines Mädchen ist? Wie konnte mir das nur entgehen?! - Und wieso, um alles in der Welt, ist es auch allen anderen entgangen, die mit Noah zu tun hatten? - Ich verstehe das einfach nicht. Das kommt mir alles so absurd vor."

"Manchmal sehen wir eben ganz einfach nur das, was wir sehen wollen, Homer. - Außerdem sehen Kinder in dem Alter eben einfach nur wie kleine Kinder aus. - Würdest du meinen Timmy in ein Kleidchen stecken, würde er vermutlich auch als Mädchen durchgehen. - Mach dich deswegen jetzt nicht verrückt, Homer. Wichtig ist nur, dass dem Kind nichts passiert. Alles andere ist doch vollkommen belanglos."

Caine betrachtete wehmütig Noahs Plüschbär, den er bei sich trug.

"Ja, du hast recht James. Wir müssen Noah finden."

Freddy führte die beiden Männer querfeldein durch die Dunkelheit in ein Waldstück, das sich rund fünf Kilometer vom Campus des Ambrose College entfernt befand. Der Hund schnüffelte eifrig und lief unbeirrt vor Watford und Caine her, die inzwischen etwas außer Puste geraten waren.

"Denkst du, dass Noah tatsächlich hierher in den Wald gegangen ist?" Caine verstand nicht allzu viel von Jagdhunden, und traute der ganzen Angelegenheit mit der Spurensuche deshalb nicht so ganz.

"Ich denke im Moment überhaupt nichts, Homer. Aber ich weiß, dass auf meinen Freddy Verlass ist. - Er hat eindeutig eine Witterung aufgenommen."

Der nächtliche Wald wirkte im fahlen Schein der Laternen

gespenstisch. Es war feucht-kalt, und Caine hatte das Gefühl, dass es demnächst zu schneien beginnen würde. Der Hund zog an seiner Leine, und führte durch immer unwegsameres Gelände. Watford musste den Beagle bremsen, um noch hinterherkommen zu können.

"Hier müsste es irgendwo eine weit verzweigte Höhle geben... Ich war schon einige Male mit meinen Jungs hier. Diese Höhle ist ein großartiges Versteck. - Wenn Noah dort sein sollte, dann frage ich mich, woher er... äh... ich meine sie... die Höhle kennt..."

Nachdem sie noch etwa eine halbe Stunde lang durch den dunklen Wald gestolpert waren, war Freddy kaum noch zu bremsen. Watford hielt seine Laterne etwas höher, um eine bessere Sicht zu haben.

"Dort vorne, ist der Eingang der Höhle..."

Freddy drängte weiter nach vorne.

Caine fragte sich, ob sie Noah tatsächlich in dieser Höhle vorfinden würden.

Watford hielt plötzlich inne.

"Riechst du das?"

Caine schnupperte angestrengt.

"Ich weiß nicht genau... Riecht es hier nach Rauch?"

Watford lachte.

"Ja, das ist ein sehr gutes Zeichen..."

Freddy zog wie verrückt an der Leine.

"Komm, mein Junge, führ uns zu Noah..."

Die Männer betraten im Schein ihrer Laternen die Höhle. Sie mussten sich bücken, um den Eingang passieren zu können. Der Rauchgeruch intensivierte sich.

Nachdem sie etwa zehn Meter weit in die Höhle vorgedrungen waren, konnten sie einen entfernten schwachen Lichtschein erkennen, der von einem kleinen Feuer zu stammen schien. Die Höhle verbreitete sich nach und nach in alle Richtungen, so dass die beiden großgewachsenen Männer inzwischen beinahe aufrecht gehen konnten. Freddy begann aufgeregt zu bellen und lief unbeirrt geradeaus. Watford und Caine folgten dem Hund weiter hinein ins Innere der Höhle. Bereits nach wenigen Augenblicken, konnten sie das kleine Feuer deutlich sehen, und als sie sich dem Feuer näherten, entdeckten sie, ein paar Meter dahinter, ängstlich gegen eine Felswand gekauert, eine kleine schmächtige Gestalt.

Watford lobte und streichelte seinen Hund ausgiebig, dessen Spürnase ihnen den Weg zu Noah gewiesen hatte. Caine ging währenddessen langsam auf Noah zu. Das sichtlich verstörte Kind starrte Caine entgeistert an, und klapperte vor Angst und vor Kälte mit den Zähnen. Caine nahm eine der Decken, die er und Watford bei sich hatten, und legte sie Noah um die Schultern. Noah schien völlig starr vor Schreck zu sein, und rührte sich nicht. Caine befühlte Noahs Hände, die eiskalt waren, und zog das völlig durchgefrorene Kind eng an sich heran, um Noah etwas von seiner eigenen Körperwärme abgeben zu können. Caine wollte etwas sagen, doch die seelischen und körperlichen Strapazen der letzten Stunden, hatten ihn schweigsam werden lassen. Stattdessen drückte er Noah einfach nur fest an sich.

"Homer, es hat keinen Zweck, heute Nacht in der Dunkelheit mit dem durchgefrorenen Kind, den Rückweg anzutreten. - Wir sollten zusehen, dass wir den Rest der Nacht hier irgendwie überstehen. - Ich werde mich darum kümmern, dass dieses Feuer etwas Wärme hergibt, und du kümmerst dich inzwischen um Noah."

Caine gab Watford zu verstehen, dass er einverstanden war. Auch wenn ihm die Vorstellung, eine Nacht in einer eiskalten Höhle zu verbringen, nicht sonderlich gefiel.

Watford, der schon sehr häufig im Freien kampiert hatte, bereitete es keinerlei Mühe, einigermaßen trockenes Brennholz herbeizuschaffen. Außerdem zauberte er aus einer seiner Manteltaschen einen Metallbecher und ein Säckchen mit Kandiszucker hervor. Er schüttete ein wenig Kandis in den Becher, den er dazu benutzte, um Wasser zu erhitzen. Caine flößte Noah das warme Zuckerwasser ein, und Freddy kam als eine Art lebende Wärmflasche zum Einsatz, um das unterkühlte Kind wieder aufzuwärmen.

Noah sagte nichts, und ließ alles geschehen. Caine, der Noah mitsamt Freddy dem Beagle im Arm hielt, und mit ihr dicht neben dem Feuer saß, schwieg ebenfalls. Watford schwieg allerdings nicht.

"Noah, es war ziemlich schlau von dir, dieses Feuer hier zu machen. - Was hast du zum Anfeuern benutzt? Deine Bücher?"

Noah antwortete nicht. Sie starrte Professor Watford nur mit weit aufgerissenen Augen entsetzt an.

"Noah, hast du eigentlich eine Ahnung, wie viele Menschen im Augenblick nach dir suchen, und ganz krank sind vor Sorge um dich?"

Caine mischte sich ein:

"James, ich bitte dich - lass es gut sein..."

Watford schüttelte den Kopf.

"Tut mir leid, Homer. Aber als dein Freund, und als jemand der sich gemeinsam mit dir, heute die Nacht um die Ohren schlägt, nehme ich mir jetzt das Recht heraus, meine Meinung zu sagen."

"James, ich bitte dich..." ermahnte Caine mit Nachdruck.

Noah zitterte wie ein Zweiglein im Wind und starrte Professor Watford voller Angst an.

"Noah, Professor Caine liebt dich sehr. - Er liebt dich so sehr, dass er Himmel und Hölle in Bewegung gesetzt hat, um herauszufinden, was dich belastet. - Noah, wir wissen inzwischen, dass du kein kleiner Junge sondern ein kleines Mädchen bist, und wir werden uns daran gewöhnen. Das ist kein Problem, Kind. Aber es ist ein ziemlich großes Problem, dass du versuchst vor deinen Problemen davon zu laufen. - Du tust damit Menschen weh, die dich lieben, und du bringst dich damit selbst in große Gefahr. - Du hättest heute Nacht in diesem Wald hier umkommen können..."

Noah begann zu schluchzen.

"Aber... ich ... ich... wollte doch niemandem weh tun, ich wollte doch nur tot sein... Ich wollte zu Joshua... und zu meinen Eltern... Ich wollte tot sein..."

Caine war bestürzt. Er warf Watford einen kurzen Blick zu, der nun schwieg und ebenfalls einen bestürzten Eindruck machte.

"Noah, es wird jetzt alles in Ordnung kommen, du wirst sehen... Meine Schwester und ich werden für dich da sein, und du wirst dich nie wieder so einsam fühlen, wie jetzt.... Alles wird wieder gut..."

Noah weinte beinahe drei Stunden lang, und Caine gelang es nicht, das Kind zu beruhigen. Er und Watford saßen hilflos und aufgewühlt daneben, während außerhalb der Höhle allmählich die Sonne aufging.

# Kapitel 10

Caine trat schwerfällig mit gefurchter Stirn und gesenktem Blick, aus einem der Gästezimmer, das gegenwärtig als Krankenzimmer diente. Er hatte beinahe die ganzen letzten drei Tage und Nächte in diesem Zimmer verbracht, und fühlte sich nun völlig erschöpft und ausgelaugt. Der frühe Morgen graute, es war gegen sechs Uhr. Auch Helen war wach, und kam Caine im dämmrigen Flur, mit Morgenmantel und Pantoffeln bekleidet, entgegen.

"Wie geht es ihr?" fragte Helen besorgt. Sie trug ihr langes, gewelltes Haar offen, und wirkte ebenfalls blass und übernächtigt.

Caine lächelte schwach.

"Sie hat die kritische Phase jetzt hinter sich. Das hohe Fieber ist gesunken. - Ich denke, sie wird wieder gesund."

Helen kamen vor Erleichterung die Tränen.

"Oh, Gott sei Dank, Homer! - Ich hatte solche Angst gehabt, dass sie es nicht schaffen würde..."

Caine tätschelte bedächtig den Arm seiner Schwester.

"Weißt du, Helen, ich hätte nie gedacht, dass alles so enden würde... Ich bin jetzt schon seit vielen Jahren Arzt und ich hatte gehofft, Noah mit meiner Berufserfahrung, meiner Menschenkenntnis und meinem guten Willen helfen zu können, doch ich habe ziemlich jämmerlich versagt. - Ich habe während der letzten Tage und Nächte an Noahs Krankenbett gesessen, und mich gefragt, wie ich es zulassen konnte, dass ein kleines Kind beinahe umkommt..."

Helen unterbrach ihn:

"Homer, du bist müde und überarbeitet. - Du hast nicht versagt... Du hast alles getan, was du tun konntest. Alles Weitere lag nun einmal nicht in deiner Hand... Wenn du nicht gewesen wärst, dann wäre die Wahrheit ganz sicher nicht so schnell ans Licht gekommen - und es ist wichtig, dass Noah jetzt endlich wieder sie selbst sein kann..." Helen musste unwillkürlich kichern, was ihrem Gesicht einen mädchenhaften Ausdruck verlieh. "Stell dir vor, die kleine Maus hätte noch jahrelang als Junge weitergelebt, und wäre irgendwann zum Präsidenten der Vereinigten Staaten gewählt worden: das hätte durchaus zu interessanten Verwicklungen führen können..."

Caine grinste.

"Ja, du hast recht, Helen: lieber ein Ende mit Schrecken als ein Schrecken ohne Ende, nicht wahr?" dann wurde er schlagartig wieder ernst, und fügte hinzu: "Ich schätze ich werde über Noahs Täuschung hinwegkommen, aber es geht mir sehr nahe, dass sie so sehr gelitten hat, dass sie sterben wollte..."

Helen nickte wissend.

"Du solltest dich jetzt unbedingt schlafen legen, Homer... Ist Joshua jetzt bei Noah?"

Caine bejahte.

"Dann werde ich mich auch noch ein wenig ausruhen", Helen gähnte." Jetzt wo ich weiß, dass es Noah besser geht, wird mir das Schlafen sicher leicht fallen."

Caine begab sich in sein Schlafzimmer. Er machte sich gar nicht erst die Mühe sich auszuziehen. Er schnürte nur seine Schuhe auf, streifte sie ab und legte sich so wie er war ins Bett. Er hatte während der letzten Tage und Nächte so wenig geschlafen, dass er augenblicklich in einen tiefen, traumlosen Schlaf sank.

***

Als Caine erwachte, war es bereits früher Nachmittag. Er kramte hektisch nach seiner Taschenuhr, und konnte kaum fassen, wie lange er geschlafen hatte.

Der Anzug, in dem er genächtigt hatte, war zerknautscht, und seine sonst so tadellose Erscheinung wurde außerdem noch durch sprießende Bartstoppeln beeinträchtigt. Doch Caine war das im Moment ziemlich gleichgültig. Er spritzte sich rasch am Waschtisch etwas kaltes Wasser ins Gesicht, und begab sich sofort an Noahs Krankenlager. Dort beugte er sich fürsorglich über das friedlich schlafende Kind, um mit geübter Hand vorsichtig dessen Wangen und Stirn zu befühlen. Zu Caines Erleichterung, war die Temperatur nicht wieder angestiegen. Auch ihr Puls hatte sich normalisiert. Caine betrachtete aufmerksam Noahs zartes Gesicht: Sie war schrecklich blass und wirkte sehr geschwächt, doch ihre Gesichtszüge waren entspannt. Joshua Fox saß in einem Lehnstuhl am Fenster. Er war dort eingenickt.

Caine setzte sich beruhigt an Noahs Bett, und lauschte eine Zeit lang ihren regelmäßigen, leicht rasselnden Atemzügen. Nach einer Weile hatte Noah jedoch einen heftigen Hustenanfall, der sie aus dem Schlaf riss. Caine half Noah sich aufzusetzen. Er stützte ihren Rücken und hielt ihre Hand, während sie sich unter Schmerzen krümmte, und halb erstickt hustete.

"Werde ich jetzt sterben?" fragte Noah mit schwacher Stimme, als der Hustenkrampf endlich etwas nachgelassen hatte. Ihre Augen waren von der Anstrengung gerötet, und einige Tränen liefen ihr übers Gesicht.

Caine nahm ein gefaltetes Taschentuch aus der Nachttischschublade, um Noahs Tränen damit zu trocknen.

"Nein, mein Kind, du wirst wieder vollkommen gesund werden. Alles wird gut. Mach dir keine Sorgen."

Noah blickte Caine verwirrt an, und ließ sich wieder erschöpft in die Kissen sinken.

"Was ist denn mit mir los, Sir?" fragte sie ängstlich. Ihre Stimme zitterte und klang heiser. "Was ist passiert?"

Caine lächelte und streichelte sanft über Noahs Wange.

"Du hast eine Lungenentzündung, Noah, und bist die letzten paar Tage sehr krank gewesen. - Erinnerst du dich nicht daran?"

Noah schien angestrengt nachzudenken, und schüttelte schließlich hilflos den Kopf.

"Ich weiß es nicht so genau... Ich war doch im Wald..." plötzlich schien Noah sich daran zu erinnern, was sich vor ihrer Erkrankung zugetragen hatte. "Ich... ich bin weggelaufen..." Noah kamen die Tränen.

"Nicht weinen, mein Schatz. Es ist jetzt alles wieder gut..."

Noah war inzwischen sehr unruhig geworden.

"Aber dann..., dann wissen Sie es..."

Caine nickte.

"Ja, mein Kind, wir wissen jetzt alle bescheid, und es ist gut so..."

"Aber, dann hassen Sie mich jetzt... Alle hassen mich..." schluchzte Noah auf, und verkroch sich beschämt unter ihrer Bettdecke.

Joshua, der inzwischen aufgewacht war, beobachtete stirnrunzelnd die Szene, die sich an Noahs Krankenbett abspielte.

"Was ist los, Professor Caine?"

Caine lächelte beschwichtigend.

"Noah erinnert sich gerade an die Ereignisse vor ihrem Fieber."

Joshua erhob sich steif und ging auf das Bett zu.

"Hey, mein Gänseblümchen, seit wann verkriechen sich kleine Gänseblümchen unter Bettdecken?" fragte er und lüftete kurzerhand einen Zipfel der Decke.

Noah lugte vorsichtig unter der Bettdecke hervor.

"Joshua?" fragte sie unsicher.

"Ja, meine Süße. Ich bin es: der alte Joshua Fox."

Noah kroch vorsichtig unter der Bettdecke hervor, und starrte Joshua ungläubig an. Joshua setzte sich zu Noah auf die Bettkante, und zwinkerte ihr liebevoll zu. Als er nach ihrer Hand greifen wollte, stupste Noah argwöhnisch Joshuas Arm an, so als wolle sie feststellen, ob Joshua tatsächlich lebendig neben ihr saß. Joshua lachte gutmütig und zog Noah näher an sich heran, um das kleine Mädchen endlich in seine Arme schließen zu können.

"Ich dachte, ich hätte nur von dir geträumt... aber du lebst... du lebst ja wirklich!" schluchzte Noah. Sie weinte. Diesmal allerdings vor Glück und Erleichterung.

Joshua kamen ebenfalls die Tränen.

"Ja, mein Gänseblümchen, ich lebe... Ich bin so froh, dass ich dich endlich wieder habe!"

Homer Caine lächelte gerührt, und ließ die Geschwister allein.

\*\*\*

Nachdem Caine ein ausgiebiges Bad genommen, sich rasiert und frische Kleidung angezogen hatte, fühlte er sich fast wie neugeboren. Jetzt, da sich Noahs Gesundheitszustand wieder etwas stabilisiert hatte, musste er sich der Frage stellen, wie es inzwischen um den Gemütszustand des Kindes bestellt war.

Caine war die Todessehnsucht von Melancholischen oder sehr verzweifelten Menschen wohlvertraut, dennoch war er noch immer zutiefst erschüttert über Noahs Vorhaben, sich in der Abgeschiedenheit eines winterlichen Waldes, dem Kältetod auszusetzen zu wollen.

Obwohl sich Caine mit Gemütskrankheiten auskannte, hatte er bisher noch nie mit einem Kind im vorpubertären Alter zu tun gehabt, das sich das Leben nehmen wollte. Noahs Verzweiflungstat machte ihm im nachhinein klar, unter welchem seelischen Druck das kleine Mädchen gestanden haben musste. Zu seinem eigenen Unbehagen musste sich Caine eingestehen, dass er selbst nicht unerheblich zu Noahs Verzweiflungstat beigetragen hatte. Seine allerbeste Absicht, Noah aus der Reserve zu locken, um dem Geheimnis des Kindes auf die Spur kommen zu können, hatte bei Noah zu einem erheblichen Gewissenskonflikt geführt. Caine machte sich deshalb große Vorwürfe.

***

Als Caine in Noahs Zimmer kam, saß Helen an Noahs Bettrand und lächelte zufrieden. Noah war wach, saß an einige dicke Daunenkissen gelehnt im Bett und wirkte, so geschwächt wie sie war, wie ein Schatten ihrer selbst. Sie hatte dunkle Ringe unter den Augen, und ihre Wangen und Lippen wirkten blutleer.

"Na, wie geht es den beiden Damen?" fragte Caine freundlich nach.

Helen zeigte lächelnd auf den beinahe leeren Teller, den sie auf einem Tablett abgestellt hatte.

"Noah hat brav ihre Suppe aufgegessen, und hat sich außerdem meine Geschichten angehört, ohne dabei vor Langeweile einzuschlafen. - Es geht uns beiden also ziemlich gut. Nicht wahr, meine Kleine?"

Noah nickte kaum merklich, und lächelte scheu.

Caine setzte sich zu Noah ans Bett.

"Noah, ich möchte mich kurz mit dir unterhalten..."

Helen warf ihrem Bruder einen verstohlenen Seitenblick zu. Dann erhob sie sich.

"Ich werde mal rasch das Tablett in die Küche bringen..." entschuldigte sie sich, nahm das Tablett und verließ auf leisen Sohlen das Zimmer.

Caine spürte, dass Noah sich in seiner Gegenwart unbehaglich zu fühlen schien.

"Noah, ich möchte, dass du weißt, dass ich dir nicht böse bin... Zugegeben, als ich erfahren habe, dass du kein Junge bist, sondern nur so getan hast als ob, da war ich zu Beginn etwas durcheinander. - Aber das hat sich längst wieder gelegt. Ich habe mich inzwischen an den Gedanken gewöhnt, dass du ein kleines Mädchen bist. - Ich bin sogar sehr froh darüber, dass ich jetzt endlich weiß, was dich die ganze Zeit über so sehr belastet hat... Um ehrlich zu sein, fühle ich mich jetzt ziemlich erleichtert."

Noah sah den Professor mit großen Augen an.

"Sie sind also nicht böse auf mich, Sir?" fragte sie kleinlaut.

Caine schüttelte nachsichtig den Kopf.

"Ich bin dir absolut nicht böse, Noah."

"Werden Sie jetzt meinetwegen Probleme bekommen, Sir?" fragte Noah vorsichtig nach.

Caine nahm Noahs Hand in die seine und drückte sie behutsam.

"Ich werde keine Probleme bekommen, Kind: - Mach dir deswegen keine Gedanken... Deine einzige Sorge darf jetzt die sein, möglichst schnell wieder gesund zu werden."

Noah musste schwer husten. Als der Anfall etwas abebbte, rang sie mit nach vorne gebeugtem Oberkörper nach Luft.

"Es tut so weh", keuchte sie unter Tränen.

Caine griff nach dem Fläschchen mit verdünntem Laudanum, das er auf der Kommode abgestellt hatte, und flößte Noah einen Teelöffel von der Tinktur ein.

"Es wird gleich besser werden..." tröstete Caine. Er half Noah dabei, sich wieder hinzulegen.

"Es tut mir alles ganz schrecklich leid, Sir."

Caine küsste Noah auf die Stirn.

"Das weiß ich doch... Es ist jetzt alles wieder gut. Niemand macht dir einen Vorwurf..."

"Aber Professor Watford war sehr böse auf mich..." meinte Noah betreten.

Caine lachte gutmütig.

"Aber nicht doch, Noah! Professor Watford hatte sich sehr große Sogen um dich gemacht, als du weggelaufen warst. Deshalb ist er neulich Nacht etwas streng zu dir gewesen. Aber er ist nicht böse auf dich. - Ganz im Gegenteil: er will dich besuchen kommen, sobald es dir wieder etwas besser geht. Er hat dich sehr gern, Noah. - Das Gleiche gilt übrigens für Mrs. Thornton."

Noah seufzte leise. Ein schwaches Lächeln zeichnete sich um ihre Mundwinkel herum ab.

"Da bin ich sehr froh, Sir. - Professor Watford und Mrs. Thornton sind immer ganz besonders nett zu mir gewesen... Ich möchte nicht, dass sie böse auf mich sind..."

Caine ging kurz in sich, und stellte Noah schließlich jene Frage, die ihn im Augenblick am meisten beschäftigte:

"Noah, als du weggelaufen bist, und dich dort draußen im Wald versteckt hast, was ist dir da durch den Kopf gegangen?"

Das Mädchen wich dem Blick des Professors beschämt aus. Sie drehte den Kopf etwas zur Seite, und es dauerte einen Moment, ehe sie die Frage zögerlich beantwortete:

"Ich wollte, dass alles vorbei ist, Sir. - Ich wollte kein Junge mehr sein - und ein Mädchen wollte ich auch nicht sein... ich..." Noah musste schlucken. "Ich... dachte, wenn ich mich im Wald verstecke, dann werde ich dort einschlafen und erfrieren..., und ... ich würde dann für immer verschwunden bleiben... So als ob ich nie gelebt hätte..." Tränen kullerten lautlos über Noahs blasse Wangen und benetzten das Kopfkissen.

Caine griff mitfühlend nach Noahs Hand.

"Bist du froh, dass wir dich im Wald gefunden haben, Noah?"

Noah zögerte erst, dann nickte sie.

"Ja, Sir. - Ich denke schon..."

Caine überzeugte diese Antwort nicht so ganz. Er hakte nach:

"Diese Gedanken, für immer verschwunden zu sein, und nie mehr aufzutauchen, hast du die immer noch, mein Kind?"

Noah setzte sich auf und zuckte mit den Schultern. Sie wirkte nachdenklich.

"Wenn ich gestorben wäre, dann hätte ich nie erfahren, dass Joshua noch am Leben ist..., und Joshua wäre ganz furchtbar traurig gewesen... So traurig, wie ich es gewesen bin, als ich dachte, dass er tot sei... Das wäre schlimm gewesen..." Noah ließ den Kopf hängen.

Caine legte seine Hand unter Noahs Kinn und hob es leicht an, um Noah in die Augen sehen zu können.

"Hast du immer noch diesen Wunsch, lieber Tod zu sein?"

Da Noah dem Blick des Professors nun nicht ausweichen konnte, schloss sie die Augen.

Caine seufzte innerlich und ließ Noah wieder los.

Der Professor und das Kind schwiegen eine Zeit lang.

"Ist es etwas Schlimmes, wenn man sich wünscht, Tod zu sein, Sir?" fragte Noah nach einer Weile, wobei sie scheinbar abwesend in Richtung des Fensters blickte.

Caine wog die Worte seiner Antwort sorgfältig ab.

"Es ist nichts Schlimmes, solche Gedanken zu haben, aber es ist schlimm, wenn man sich mit seinen Sorgen niemandem anvertraut. - Wir alle haben manchmal im Leben solche Momente von großem Schmerz und Verzweiflung, und das Einzige, das uns dann helfen kann, ist diesen Schmerz mit anderen Menschen zu teilen, denen etwas an uns liegt."

Noah begann zu husten. Es dauerte einen Moment, ehe sie wieder normal weiteratmen konnte.

"Haben Sie auch schon einmal großen Kummer gehabt, Sir?" fragte Noah und blickte Caine dabei forschend an.

Caine nickte.

"Oh ja, das habe ich allerdings... Ich war einmal sehr glücklich verheiratet, und habe dann meine Frau und meine kleine Tochter durch einen Unfall verloren... Damals war ich so traurig, dass ich auch am liebsten auf der Stelle gestorben wäre. - Aber es gab liebe Menschen, die mir über diesen schlimmen Schmerz hinweggeholfen haben..." Caine bemerkte plötzlich, dass Noah nach seiner Hand gegriffen hatte.

"Warum sterben die Menschen, die man lieb hat?" fragte Noah traurig.

Caine drückte liebevoll Noahs Hand.

"Das weiß ich nicht, mein Kind. Aber ich bin davon überzeugt, dass die Verstorbenen sich wünschen, dass wir Lebenden das Beste aus unserem Leben machen und nicht den Mut verlieren. - Was denkst du, würden sich deine Eltern für dich wünschen, Noah?"

Das Mädchen überlegte kurz.

"Ich denke, meine Eltern würden sich wünschen, dass mich jemand lieb hat, und dass ich ein schönes Zuhause habe, und dass ich zur Schule gehen kann und immer genügend Bücher zu lesen habe."

Caine lächelte.

"Noah, ich habe dich sehr lieb, und meine Schwester Helen auch. - Was würdest du davon halten, in Zukunft hier bei uns zu leben? - Ich meine, als meine kleine Tochter."

Noah sah den Professor staunend an.

"Sie meinen, Sie wollen mich richtig adoptieren, Sir?"

"Ja, allerdings."

Noah kräuselte leicht die Stirn.

"Obwohl ich ein Mädchen bin?!" fragte sie skeptisch.

Caine lachte.

"Mit Söhnen kenne ich mich nicht gut aus Noah, da fehlt mir die Erfahrung. - Eine Tochter wäre mir deshalb sehr viel lieber. - Also, was hältst du davon?"

Das Laudanum hatte Noah inzwischen schläfrig werden lassen. Ihre Augen waren glasig.

"Ich würde sehr gerne hier bei Ihnen bleiben, Sir...." ein erneuter, heftiger Hustenanfall schüttelte Noahs fragilen kleinen Körper. Als der vorüber war, musste sich Noah völlig erschöpft hinlegen.

"Ich bin so müde... Bleiben Sie noch bei mir, bis ich eingeschlafen bin, Sir?" fragte sie mit schwacher Stimme.

Caine streichelte Noahs Wange.

"Natürlich werde ich bei dir bleiben, mein Kind. Mach dir keine Sorgen. - Schlaf jetzt."

"Vielen Dank, Sir. - Sie sind sehr lieb..." murmelte Noah leise, ehe ihr die Augen zufielen.

# Kapitel 11

Homer Caine hatte sich im Büro des Dekans zu einer außerordentlichen Besprechung eingefunden.

Dekan Peterson streifte nervös in seinem Arbeitszimmer umher, wie ein gefangener Löwe im Käfig.

"Das darf nicht an die Öffentlichkeit dringen, Homer... Eine solche Geschichte würde unsere Institution zum Gespött der gesamten Ostküste machen!" mahnte Peterson in eindringlichem Tonfall.

Caine blieb gelassen auf seinem Stuhl sitzen.

"Ach, beruhige dich, Frank. - Die Öffentlichkeit wird nichts erfahren. - James Watford, Professor Stern und die Witwe Thornton werden absolutes Stillschweigen bewahren, und die wenigen anderen Personen, die von der Sache wissen, werden es ebenfalls für sich behalten."

Peterson ließ sich entnervt auf den schweren Ledersessel hinter seinem Schreibtisch sinken.

"Die Wahrheit findet immer irgend einen Weg, Homer... Weißt du was man über uns sagen wird? - Man wird über uns sagen, dass unser College die dümmsten Professoren des Landes beschäftigt. Außerdem wird man von uns sagen, dass wir nicht nur dumm, sondern darüber hinaus auch noch blind sind... Du meine Güte: ausgezeichnete Ärzte und Naturwissenschaftler, die nicht in der Lage sind ein Mädchen von einem Jungen zu unterscheiden!"

Caine schüttelte bedächtig den Kopf.

"Das wird nicht passieren, Frank, und wenn es passieren sollte, so wird deshalb bestimmt nicht gleich die Welt untergehen... Außerdem: was ist denn schon Schlimmes geschehen? Ein kleines, verzweifeltes Mädchen hat uns glauben lassen ein Junge zu sein, und wir haben es bereitwillig geglaubt... Niemand ist dabei zu Schaden gekommen... Noahs Begabung ist schließlich echt. - Hätten wir einen Idioten für ein Genie gehalten, wäre das bedenklich, aber so... Noah hat unsere Institution nicht blamiert, ganz im Gegenteil. Das einzige Problem, welches ich hier erkennen kann ist, dass Ambrose noch nicht reif ist für ein Kind wie Noah - unsere ganze Gesellschaft ist noch nicht reif für ein solches Kind.

Petersons Blick war äußerst skeptisch.

"Homer, vielleicht gibt es ja gute Gründe, weshalb unsere Gesellschaft verstört auf ein solches Kind wie Noah reagiert... Wenn jemand bereits in dem zarten Alter meint, nach eigenen Regeln leben zu können, dann frage ich mich, was einmal aus einem solchen Kind werden soll. - Du solltest dir noch einmal gut überlegen, ob du dir tatsächlich die Verantwortung für dieses Kind aufbürden willst..."

Caine ließ sich nicht irritieren.

"Ich weiß, was ich tue, Frank. - Dieses Kind ist keine Bürde für mich, sondern ein Geschenk... Seit dem Tod von Jaqueline und Anabel, habe ich mich nicht mehr so lebendig und entschlossen gefühlt wie jetzt. - Ich habe Noah viel zu geben, und Noah gibt mir ebensoviel zurück."

Peterson verzog leicht seine Mundwinkel, erwiderte jedoch nichts. Er schnitt stattdessen erneut jenes Thema an, welches ihn anscheinend besonders beschäftigte:

"Was werden wir also tun, wenn diese ganze Geschichte doch ans Licht kommen sollte?"

Caine sagte unumwunden:

"Für den unwahrscheinlichen Fall, dass etwas von der Geschichte nach außen dringt, werde ich die alleinige Verantwortung dafür übernehmen, und Stellung beziehen. - Noahs Geschichte wäre, von meinem Standpunkt als Wissenschaftler aus, nämlich durchaus eine Stellungnahme wert. Die psychologische Forschung steckt schließlich noch in den Kinderschuhen, und aus einem so ungewöhnlichen Fall wie dem von Noah, könnte so manche wertvolle Erkenntnis herausgearbeitet werden."

Peterson kratzte sich am Hinterkopf.

"Du würdest also die alleinige Verantwortung übernehmen?" fragte er mit leicht zusammengekniffenen Augen.

Caine erhob sich entschlossen von seinem Stuhl.

"Wenn dieses College, aufgrund der Probleme eines kleinen Kindes, in eine peinliche Lage kommen sollte, werde ich höchstpersönlich die Verantwortung dafür übernehmen."

Der Dekan legte nachdenklich die Stirn in Falten.

"Du könntest damit deine Karriere gefährden, Homer."

Caine knöpfte sein Jackett zu, und lachte amüsiert.

"Wir haben hier unfreiwillig ein hochinteressantes Experiment durchgeführt. - Hast du eigentlich eine Ahnung, was dadurch klar geworden ist? - Was und wer wir sind, wird ganz wesentlich dadurch mitbestimmt, wie wir von anderen wahrgenommen werden. - Wir haben ein kleines Mädchen für einen Jungen gehalten, und wie einen Jungen behandelt. - Wenn man mich beispielsweise nicht für einen Professor, sondern für einen Schuhputzer halten würde, dann würde ich auch wie ein Schuhputzer behandelt werden. - Unsere eigene Person, wird auch ganz wesentlich dadurch definiert, was in den Köpfen unserer Mitmenschen vor sich geht." Caine grinste schelmisch. " Solange man mich also noch für einen Professor hält, mache ich mir keine Sorgen um meine Karriere, Frank." Er reichte Peterson zum Abschied seine Hand. "Ich muss mich jetzt leider verabschieden. Auf mich wartet zu Hause ein krankes Kind."

Caine ging beschwingt auf die Tür zu.

Peterson starrte ihm verdutzt hinterher.

***

Als Caine nach Hause fuhr, tat er dies in Begleitung von Mrs. Thornton. Die Witwe saß ihm in der Kutsche gegenüber. Sie wollte Noah besuchen.

"Ich bin ja so froh, dass es dem Kind endlich wieder etwas besser geht. - Das waren doch ziemlich große Aufregungen, während der letzten zwei Wochen..."

Caine stimmte Mrs. Thornton zu.

"Wie soll es denn nun weitergehen, Professor Caine? - Werden Sie Noah adoptieren?"

Caine nickte.

"Ich habe bereits einen entsprechenden Antrag beim Gericht eingereicht." sagte er verschmitzt.

Mrs. Thornton lächelte beseelt.

"Oh, das ist ja wundervoll, lieber Professor. - Wie gut, dass Sie sich nicht von den Umständen beirren lassen... Was hält denn Helen von Ihrer Idee?"

Caine grinste.

"Helen ist ganz begeistert. - Wenn ich nicht vorhätte Noah adoptieren zu wollen, dann würde sie es selbst tun."

Der Wagen hielt vor einem prächtigen Stadthaus. Im Gegensatz zu den Gebäuden der Ambrose Universität, war dieses Haus nicht aus roten Ziegelsteinen, sondern aus kunstvoll bearbeiteten Natursteinen errichtet. Das Haus hatte viele große Fenster, und der überdachte Eingangsbereich wurde von vier Steinsäulen im griechischen Stil getragen.

"Dieses Haus beeindruckt mich immer wieder", bemerkte Mrs. Thornton ehrfurchtsvoll, während ihr Caine aus der Kutsche half. "War es nicht Ihr Vater, der es hat bauen lassen?"

Caine verneinte.

"Mein Großvater hat es bauen lassen. Er war College Professor und hat Griechisch und Latein unterrichtet. - Mein Großvater liebte die Antike so sehr, dass er seinerzeit einen Architekten beauftragt hatte, ihm ein Haus im griechisch-römischen Stil zu entwerfen."

"Ihr Großvater muss aber ein ziemlich wohlhabender College Professor gewesen sein..." sinnierte Mrs. Thornton laut.

Caine lachte.

"Oh nein, er war eigentlich nicht sehr wohlhabend. - Meine Großmutter brachte das Vermögen in die Familie. - In unserer Familie hat es schon immer einflussreiche und starke Frauen gegeben. Helen ist eine davon, und ich schätze, dass Noah eines Tages diese Tradition fortsetzen wird."

Mrs. Thornton nickte zustimmend. Dann ließ sie ihre Blicke nochmals bewundernd am Gebäude entlang gleiten.

"Noah wird sich hier sicherlich sehr wohl fühlen..." sie hatte plötzlich Tränen in den Augen.

"Sie sind uns hier jederzeit als Gast herzlich willkommen, Mrs. Thornton. - Die Tatsache, dass Noah jetzt hier leben wird, bedeutet nicht, dass Sie nicht mehr ein Teil von Noahs Leben sein können."

Mrs. Thornton betupfte mit einem Spitzentaschentuch ihre Augenwinkel.

"Es ist sehr nett von Ihnen, dass Sie das sagen, Professor..."

Galant nahm Caine Mrs. Thorntons Arm.

"Wir sollten jetzt ins Haus gehen, Mrs. Thornton. Ella wartet bestimmt schon mit dem Tee auf uns."

Als Mrs. Thornton und Caine bereits im Esszimmer zu Tisch saßen, und Ella geschickt den Tee eingoss, wurde die Tür geöffnet, und Helen betrat in Begleitung von Noah den Raum. Noah sah zwar sehr blass und kränklich aus, wirkte aber zufrieden und ihre Augen strahlten. Sie trug ein dunkelgrünkariertes Kleidchen mit langen Ärmeln und einem weißen Spitzenkragen.

Es war das erste Mal, dass Mrs. Thornton Noah in Mädchenkleidung sah. Sie rief erstaunt aus:

"Oh, das ist ja ein unglaublicher Unterschied! Ich hätte nie gedacht, dass ein wenig Stoff einen solchen Unterschied ausmachen würde. - Ich hätte dich beinahe nicht wiedererkannt, mein Schatz!"

Noah lächelte schüchtern, und ging zögerlich auf Mrs. Thornton zu.

"Ich hoffe, Sie sind mir nicht allzu böse, Mrs. Thornton...?"

Mrs. Thornton drückte Noah kurzerhand an ihr Herz.

"Ach, du dummes Ding... Wie könnte ich denn böse auf dich sein?" Sie hielt Noah wieder ein Stück von sich weg, und meinte: "So, und jetzt lass dich mal ganz genau ansehen... Hmh, es ist mir inzwischen ein Rätsel, wie ich dich für einen Jungen halten konnte. - Ich schätze, es ist wohl an der Zeit für mich, mir eine Brille zu kaufen..."

Noah lächelte erleichtert.

Caine lachte.

"Wenn das so ist, dann sollten wir uns wohl alle eine Brille zulegen, Mrs. Thornton."

Ella und Helen stimmten in das Lachen mit ein.

Mrs. Thornton zeigte auf eine kleine goldene Anstecknadel, die Noah an ihrem Kragen trug.

"Was hast du denn da, mein Kind?"

Noah befühlte die Anstecknadel mit ihren Fingern und meinte stolz:

"Das ist eine Anstecknadel von Yale. - Mein allerbester Freund hat sie mir geschenkt, damit immer ein Stück von ihm bei mir ist. - Er musste gestern leider wieder abreisen, aber er hat gesagt, dass er mich so bald wie möglich besuchen kommen wird."

Die Witwe Thornton nickte anerkennend.

"Du hast großes Glück, einen so guten Freund zu haben, Noah. Wahre Freundschaft ist ein großes Geschenk."

Noah nickte. Sie war inzwischen etwas nachdenklich geworden.

"Ja, das habe ich, Madam." sie musste husten.

Helen fuhr Noah zärtlich durchs Haar.

"Na komm, Süße, setz dich, damit wir dich ein wenig mit Kuchen füttern können."

\*\*\*

Nach der Teestunde, musste sich Noah wieder hinlegen. Die schwere Lungenentzündung hatte das zarte Mädchen sehr geschwächt, und sie kam nur sehr langsam wieder zu Kräften.

Caine leistete Noah Gesellschaft, und las ihr aus einem spannenden Abenteuerbuch vor, das von einer geheimen Schatzkarte und einer Schatzsuche handelte.

Nachdem Noah eine Zeit lang gebannt gelauscht hatte, zupfte sie Caine plötzlich am Ärmel.

"Ich weiß auch etwas, das sonst niemand wissen darf..."

Väterlich lächelnd sah Caine von dem Buch auf.

"Ach ja, hast du auch eine Schatzkarte versteckt?"

Noah schüttelte den Kopf. Sie machte einen ernsten Eindruck.

"Es ist manchmal ganz schrecklich schwer, ein Geheimnis für sich zu behalten... Ich wollte immer so gerne jemanden haben, dem ich mein Geheimnis erzählen kann. - Aber es ist so, wie bei diesem Grafen in der Geschichte: wenn man den falschen Menschen sein Geheimnis verrät, dann kann man in große Schwierigkeiten geraten..."

Caine legte das Buch beiseite. Er spürte, dass Noah etwas auf dem Herzen lag, und sie darüber sprechen wollte.

"Noah, wenn du mir dein Geheimnis erzählen möchtest, dann kannst du das gerne tun, Kleines."

Noah blickte Caine nachdenklich an.

"Aber du musst versprechen, dass du es niemandem erzählst...

und mir die Hand darauf geben... und dein heiliges Ehrenwort."

Caine schmunzelte wohlwollend.

"Ich gebe dir mein heiliges Ehrenwort, Noah."

Noah setzte sich auf, holte tief Luft und rückte etwas näher
an Caine heran.

"Ich habe einen richtigen, echten Bruder", flüsterte sie Caine
aufgeregt zu.

Mit fragendem Blick runzelte Caine die Stirn. Augenblicklich kam ihm Joshua Fox in den Sinn. Caine musste es sich
verkneifen, Joshua direkt zur Sprache zu bringen. Stattdessen
tat er erstaunt und fragte:

"Ach ja, du hast einen Bruder? Das hätte ich nie gedacht.
Wer ist es denn?"

Noah flüsterte Caine ins Ohr:

"Es ist Joshua. - Er ist nicht nur mein allerbester Freund auf
der Welt, er ist auch mein richtiger großer Bruder!"

Caine kratzte sich nachdenklich am Hinterkopf.

"Wie kommst du denn darauf, Noah? Hat Joshua dir das
erzählt?"

Noah schüttelte eifrig den Kopf.

"Nein, er weiß nicht, dass ich weiß, dass er mein Bruder ist.
- Er darf auch nicht wissen, dass ich bescheid weiß."

"Hmh, und wie kommst du darauf, dass er dein Bruder ist?"
wollte Caine wissen.

"Als ich noch ganz, ganz klein war, da war Joshua oft bei
meinen Eltern zu Besuch. Eines Abends, da habe ich mich aus
dem Bett geschlichen, weil ich noch gar nicht müde gewesen
war, und da habe ich gehört, wie Joshua zu meinen Eltern gesagt hat, dass er sich immer um mich kümmern würde, weil er
ja mein Bruder sei... und meine Eltern haben zu Joshua gesagt,
dass er und ich immer eine besondere Verbindung zueinander
haben würden, weil wir das gleiche Blut hätten.... und dann

haben sie gesagt, dass ich unter keinen Umständen erfahren dürfte, dass Joshua mein Bruder ist, und dass das für immer ein Geheimnis bleiben müsste..."

Noah sah Caine hilfesuchend an.

"Ich habe das nie so ganz verstanden, aber ich habe mich auch nie getraut, Joshua zu fragen, weil es doch ein Geheimnis ist, und ich eigentlich gar nichts darüber wissen dürfte..."

Caine tätschelte Noahs Hand.

"Das ist ein ziemlich bemerkenswertes Geheimnis, mein Schatz. - Aber es macht dich unglücklich, nicht mit Joshua darüber sprechen zu können, nicht wahr?"

Noah nickte stumm.

"Ich denke, wenn Joshua uns das nächste Mal besuchen kommt, dann solltest du ihm erzählen was du weißt. - Ihr beide müsst darüber sprechen. - Geheimnisse, die einem das Herz schwer machen, müssen gelüftet werden. - Ich könnte mir vorstellen, dass Joshua ebenfalls unter diesem Geheimnis leidet. - Er hat dich schließlich sehr, sehr lieb."

Noah musste husten.

"Meinst du wirklich? - Und wenn dann etwas Schlimmes passiert?"

"Aber, was soll denn passieren, Noah?"

Dem kleinen Mädchen kamen plötzlich die Tränen.

"In der selben Nacht, als ich von dem Geheimnis erfahren habe, ist dann unser Haus abgebrannt, und meine Eltern sind gestorben... Es war bestimmt meine Schuld... Weil ich gelauscht hatte..."

Caine horchte auf. "Oh, mein Gott", dachte er bei sich, "was dieses arme Kind alles mit sich herumschleppt..." Er legte tröstend seinen Arm um Noahs schmale Schultern, und küsste sie auf die Wange.

"Noah, es doch nicht deine Schuld, dass das Haus deiner Eltern abgebrannt ist... Solche schrecklichen Unglücke passieren manchmal nun einmal... Rede dir so etwas nicht ein, mein Kind. - Dieser Brand hatte weder etwas mit dir zu tun, noch mit dem Umstand, dass du in dieser Nacht an der Tür gelauscht hattest..."

Noah schluckte schwer.

"Bist du dir ganz sicher?" fragte sie betrübt.

Caine stupste sanft Noahs Nasenspitze an.

"Ich bin mir hundertprozentig und absolut sicher, Noah. Geheimnisse setzten keine Häuser in Brand. - Streichhölzer, glühende Kohlen, Blitzschläge, umgefallene Öllampen oder ähnliches setzen Häuser in Brand, aber ganz sicher nicht die Gedanken eines kleinen Mädchens."

Noah überlegte kurz, dann seufzte sie erleichtert, und schlang ihre dünnen Ärmchen um Caines Hals.

"Danke, dass du jetzt mein Daddy bist." sagte sie schlicht.

Caine lächelte gerührt, hob Noah kurzerhand hoch und drückte sie liebevoll an sich.